Von Don Coldsmith ist
als Heyne-Taschenbuch erschienen:

Kojotes Tochter · Band 01/8848

DON COLDSMITH

DAS ERBE DES GROSSEN HUNDES

Das Land der Indianer

Roman

Aus dem Englischen
von Joachim Honnef

Deutsche Erstausgabe

WILHELM HEYNE VERLAG
MÜNCHEN

HEYNE ALLGEMEINE REIHE
Nr. 01/8904

Titel der Originalausgabe
The Elk-Dog Heritage

Published by arrangement with Doubleday, a division
of Bantam Doubleday Dell Publishing Group, Inc.

Printed in Germany 1994
Umschlagillustration: Stephen J. Gorman/Xing-Art
Umschlaggestaltung: Atelier Ingrid Schütz, München
Satz: Compusatz GmbH, München
Druck und Bindung: Ebner Ulm

ISBN: 3-453-07207-3

Prolog

In späteren Jahren würde in der Stammesgeschichte des Volkes daran erinnert werden, daß die Spaltung gleich nach dem Großen Kampf begann. Das war merkwürdig. Der Stamm hatte sich der veränderten Kultur angepaßt, die den Hirschhund einschloß. Die Büffeljagd war jetzt viel leichter, und das Volk bildete eine wohlhabende und angesehene Gruppe auf der Prärie. Weshalb also eine Spaltung?

Und dann, unter der Führung von Der-ohne-Kopf, dem jungen, bärtigen Außenseiter, der die ersten Hirschhunde gebracht hatte, die er Pferde nannte, war es zwischen der südlichen Gruppe des Stammes und den gefürchteten Schädelspaltern zum Kampf gekommen. Zum ersten Mal in der Geschichte des Stammes hatten sie sich nicht nur gegenüber diesem Feind behauptet, sondern ihn gehörig besiegt. *Aiee,* der Große Kampf würde in vielen Generationen in Liedern nacherzählt werden!

Der südliche Stammesteil nannte sich fortan die Hirschhund-Gruppe, und Der-ohne-Kopf hatte widerstrebend den Rang des Häuptlings übernommen, nachdem der bisherige Häuptling im Großen Kampf ums Leben gekommen war. Die Hirschhund-Gruppe zählte jetzt zu den angesehensten im Stamm. Die Meinungen ihrer Krieger wurden im Großen Rat in jedem Sommer beim Sonnentanz respektiert. Ihre Kinder waren fett und ihre Frauen glücklich. Ihre Tipis bestanden aus vielen Häuten, und jede Familie besaß zunehmende Herden von Hirschhunden.

Es war also merkwürdig, daß es zu dieser Zeit zu der Spaltung kam, die das Volk fast von innen heraus vernichten sollte. Man hätte annehmen können, daß es angesichts des wachsenden Wohlstands des Stammes keinen Konflikt geben konnte. Es kam jedoch dazu, trotz des leichten Lebens, das zur Norm geworden war.

Oder vielleicht kam es gerade deswegen zu dem Konflikt.

Das Volk war in früheren Generationen weitgehend mit dem Kampf ums Überleben beschäftigt gewesen. Vor der Ankunft des Hirschhunds war die Büffeljagd zu Fuß schwierig gewesen. Wenn die Jagd unergiebig war, wurde der Winter hart, und im Mond des Hungerns trauerte man in den Tipis um die Toten. Es war eine Zeit vieler verschlissener Mokassins gewesen, wie einer der Alten notierte.

Mit dem Hirschhund wurde die Jagd leichter. Es blieb mehr Zeit zum Träumen und Planen, zum Spielen und zum Singen von Liedern über tapfere Taten.

Und leider blieb den jungen Heißspornen, die danach strebten, den Status des Kriegers zu erlangen, mehr Zeit, um zu prahlen und zu drohen und vom Kampf gegen die Schädelspalter zu träumen. Für viele der Krieger des Volks hatte der Große Kampf soviel Aufregung gebracht, daß sie ein Leben lang ausreichte. Aber da waren diejenigen, die nicht dabeigewesen oder erst nach dem Kampf aus Prestigegründen zu der Hirschhund-Gruppe gewechselt waren und sich jetzt nach weiterem Krieg sehnten. Diese ruhelosen Seelen sorgten für die Brise, welche die Funken der Probleme zu lodernden Flammen anfachte.

Zuerst fand die Spaltung in zwei Kriegergemeinschaften fast unbemerkt statt. In die alte Kriegergemeinschaft trat man im Mannesalter ein, wenn ein Junge sich bei der Jagd oder – seltener – im Kampf bewährt hatte, der für gewöhnlich der Verteidigung diente.

Dann kamen die Hirschhunde, und die jungen Krieger, die lernten, mit ihnen umzugehen, nannten sich, zuerst scherzhaft, die Hirschhund-Gemeinschaft. Nach dem Großen Kampf behielten sie stolz diesen Namen und das damit verknüpfte Ansehen bei.

Unterdessen bezeichneten sich die älteren Krieger, die stolz an der Seite ihres jetzt toten Häuptlings gekämpft hatten, als die Bogenschützen-Gemeinschaft. In ihrem Stolz über ihre Leistung wollten sie sicherstellen, daß der Beitrag derjenigen, die zwischen den Tipis gestanden und dem Angriff zu Fuß entgegengetreten waren, nicht übersehen wurde.

So gab es eine Zeitlang zwei Kriegergemeinschaften, die sich gegenseitig bewunderten und respektierten. Die ersten Männer der Hirschhund-Gruppe gehörten beiden Gemeinschaften an, und beide Gruppen hielten sich streng an die Gesetze des Rats. So sollte es sein, und es wäre vielleicht ewig so weitergegangen, wenn es nicht die Aktivitäten der Unruhestifter gegeben hätte.

Die ersten Anzeichen, die auf eine Splittergruppe hindeuteten, hätte man im nachhinein betrachtet schon vor dem Großen Kampf sehen können. Ein paar junge Männer hatten eigene Beutezüge unternommen. Sie waren auf eine große Schar des Feindes gestoßen. Der Feind hatte sie rituell gefoltert und getötet und die Leichen der jungen Männer zurückgelassen, damit sie von dem Volk gefunden wurden. Doch das hatte noch wie ein Einzelfall gewirkt. Es war unwahrscheinlich, daß junge Männer des Volkes gegen die Stammesgesetze verstießen und sich zu einem privaten Beutezug aufmachten. Das Problem wurde vor allem durch eine Tatsache verstärkt – bis zu diesem Zeitpunkt hatte es noch keine Stammesgesetze gegeben, die den absichtlich herbeigeführten Kampf mit den Schädelspaltern verboten.

1. Kapitel

Der alte Krieger schaute zu, während seine Neffen ungeschickt die Antilope abhäuteten. Er fühlte sich unbehaglich, weil sie weiter ins Gebiet des Feindes geraten waren, als er vorgehabt hatte. Was als angenehme Jagd begonnen hatte, bei der er den Söhnen seiner Schwester etwas beibringen wollte, war jetzt zu einer bedrohlichen Situation geworden. Der alte Krieger spähte besorgt zu den Büschen bei den Felsen. Die Antilope war im schlimmsten Terrain gefallen, das er sich vorstellen konnte. Sie mußten sie schnell schlachten und sich in sicheres Gebiet zurückziehen.

Er richtete sich auf, um einen besseren Blick auf den Buschstreifen oberhalb von ihnen zu bekommen, der dem Feind Deckung bieten konnte. War da eine Spur von Bewegung? Der alte Mann wünschte, daß seine Augen noch so scharf wären, wie sie es im Alter der beiden Jungen gewesen waren.

Etwas zerrte an seinem Hemd, als wäre ein Stein dagegengeprallt, und er schaute erschrocken an sich hinunter. Entsetzt sah er, daß aus seiner Brust der gefiederte Schaft eines Pfeils ragte. Seine Sinne weigerten sich noch, zu akzeptieren, was das bedeutete. Er fühlte sich plötzlich sehr schwach und sank auf die Knie, und dann drang der Schmerz in sein Bewußtsein.

Die beiden Jungen schauten ihn alarmiert an. Er forderte sie mit einer Geste auf, zu flüchten. In diesem Augenblick sprangen drei bewaffnete Krieger von den Felsen des Hügels und stürmten auf sie zu. Der jüngere Knabe rannte zu den Pferden, packte die herabhängenden Zügel und schwang sich gewandt auf ein Pferd.

Der ältere der Jungen blieb einen Augenblick zu lange

bei seinem sterbenden Onkel. Die anderen Pferde waren erschreckt von den plötzlichen Bewegungen und galoppierten mit ihrem Artgenossen davon. Der Junge, der noch zu Fuß war, griff vergebens nach dem Halfterstrick seines Pferdes. Der Strick scheuerte ihm die Hand auf, und die Pferde verschwanden in aufgewirbeltem Staub. Der Junge wandte sich den Angreifern zu. Er war unbewaffnet, weil er seine Waffen abgelegt hatte, bevor er mit dem Abhäuten der Antilope begonnen hatte. Das Abhäutemesser hatte er in der Aufregung fallen gelassen. Sein Blick irrte in die Runde. Nicht einmal ein Stein oder Stock war verfügbar.

Die drei Krieger umringten ihn, junge Männer, die nicht viel älter waren als er. Einer trat vor und schlug ihm mit der flachen Hand ins Gesicht. Es brachte ihm Ehre, wenn er den Feind schlug, wie der Junge wußte.

Er hatte alle Hoffnung aufs Überleben aufgegeben. Jetzt konnte er nur noch hoffen, in Würde zu sterben. Ein anderer der jungen Feinde sprang auf ihn zu und schlug ihn. Er schnappte nach der Waffe des Gegners, bekam sie jedoch nicht zu fassen. Schade, jetzt würden sie vorsichtiger sein. Flüchtig wünschte er, daß die Krieger, in deren Gewalt er war, es für unnötig hielten, zuviel Ehre an diesem Tag zu erlangen, bevor sie ihn töteten. Es konnte ein sehr langer Tag werden.

Der-ohne-Kopf, einst Juan Garcia, Sohn eines spanischen Adligen, saß behaglich vor seinem Tipi. Er lehnte sich gegen die Rückenstütze aus Weide und paffte langsam an der steinernen Pfeife. Es war ein schöner Frühlingstag, und der Häuptling amüsierte sich über die Possen seines kleinen Sohns Adler, der auf der Schwelle des Tipis spielte. Der-ohne-Kopf beobachtete die geschmeidige Anmut seiner Frau Die Große, die tüchtig am Feuer hantierte, über dem fette Büffelrippen brieten.

Es erregte ihn immer wieder sehr, wenn er nur eine

Zeitlang die graziösen Bewegungen ihres großen Körpers beobachtete.

Die Große blickte zu ihm auf und lächelte, als sie seine Gedanken las. Ihre Beziehung war perfekt. Der-ohne-Kopf hatte keine Ehe in seinem fernen Heimatland gekannt, die so harmonisch und erfüllt gewesen war.

Der-ohne-Kopf sagte sich, daß die Gründe für sein Verbleiben beim Volk hauptsächlich auf Zufall beruhten – eine Verwundung, eine trächtige Stute, die nicht geritten werden konnte, eine gebrochene Lanzenspitze. Doch in den Tiefen seiner Seele kannte er die Wahrheit. Die Hauptgründe drehten sich um dieses schlanke Mädchen und dessen Familie.

Er konnte immer noch kaum glauben, daß er das Amt des Häuptlings dieser Gruppe angenommen hatte. Nach dem Großen Kampf hatte es keinen überlebenden Führer gegeben, und die jungen Krieger hatten ihn gebeten, ihr Häuptling zu werden. Nur mit der Hilfe und dem Rat seines Schwiegervaters Kojote und des betagten Medizinmanns Weißer Büffel hatte er das vollbringen können. Und jetzt wurde er in dieser Position von den Häuptlingen der anderen Gruppen im Großen Rat akzeptiert und war selbstsicher geworden. Fast arrogant, wenn man der Wahrheit die Ehre geben wollte.

Er würde lange in Erinnerung behalten, wie seine Arroganz zerstört wurde.

Der-ohne-Kopf hörte Hufschlag. Er spähte zwischen den Tipis am Rande des Lagers hindurch und sah, daß sich drei Reiter näherten, die sangen und riefen und zwei reiterlose Pferde dabeihatten. Mit dem geübten Blick des Reiters stellte der Häuptling sofort fest, daß er diese beiden Pferde noch nie gesehen hatte. Das wurde ihm schon klar, bevor er die Reiter erkannte.

Der Reiter an der Spitze war ein großspuriger junger Mann, der ihm schon zuvor aufgefallen war. Als Mitglied der Kaninchen-Gemeinschaft war er während der Lehrstunden verdrossen und unaufmerksam gewesen. Trotz seiner Unaufmerksamkeit hatte er sich als passabler Reiter erwiesen, doch sein Mangel an Disziplin brachte den Häuptling zur Verzweiflung. Der-ohne-Kopf versuchte, sich an den Namen des Jungen zu erinnern. Die anderen Jungen hatten ihm einen passenden Spitznamen gegeben. Irgend etwas, das sich auf seine unangenehme Art bezog. Ah, das war es! Der Junge wurde Dachs genannt. Dieses Tier war verdrießlich und aggressiv, und der Name paßte zu dem Jungen.

Der-ohne-Kopf lächelte über die Art, wie das Volk seine Namen erwarb. Sein Name war ihm an dem Tag gegeben worden, an dem ihn das Volk gefunden hatte. Krank und verwundet hatte er seinen Soldatenhelm abgenommen, und für die Beobachter hatte es ausgesehen, als nehme er seinen Kopf ab. Man hatte sich über die Späher des Volks lustig gemacht, aber der Name war haftengeblieben. Nur wenige erinnerten sich vielleicht an den Ursprung des Namens, aber jetzt paßte er anscheinend perfekt für den früheren Juan Garcia.

Dachs war jetzt näher, und Der-ohne-Kopf sah, daß er Waffen über dem Kopf schwang und rief und sang.

Ein unbehagliches Gefühl stieg in dem jungen Häuptling auf. Er konnte nicht den Grund für seine Besorgnis erklären, aber sie war da und machte ihm zu schaffen wie ein Dorn in einem wunden Finger. Was war da nicht in Ordnung?

Kojote schlenderte von seinem Tipi in der Nähe heran, nickte seinem Schwiegersohn zu und nahm Platz. Der-ohne-Kopf sah dem älteren Mann an, daß er ebenfalls besorgt war. Sie spürten, daß Unheil drohte.

Dachs sang ein unmelodisches Lied, in dem er tapfere Taten aufzählte. Die beiden Männer konnten nur Bruchstücke verstehen.

»... den Feind getötet ... viel Ehre erlangt ... wieder mit Blut bemalt ...«

Der-ohne-Kopf sah, daß Dachs und seine beiden Gefährten Blut auf der Stirn hatten. Dies zählte zu einer Zeremonie, die manchmal stattfand, um den Eintritt eines jungen Kriegers ins Mannesalter zu symbolisieren. Etwas Blut vom ersten erlegten Büffel wurde benutzt, um das Gesicht mit dem Symbol seines Erfolgs zu bemalen.

Die jungen Krieger waren jedoch bereits in die Kriegergemeinschaft aufgenommen. Warum wiederholten sie die zeremonielle Ankündigung?

Der-ohne-Kopf schaute auf die Waffen, die Dachs schwang, und zu den beiden unbekannten Pferden. Widerstrebend und immer noch in großer Sorge mußte er sich eingestehen, was die Wiederholung des Blutrituals zu bedeuten hatte.

Die Jungen waren auf einen oder zwei Schädelspalter gestoßen und hatten sie besiegt. Das Blutritual war wiederholt worden, weil diese Jungen zeigen wollten, daß sie zum ersten Mal einen Menschen getötet hatten.

Der junge Häuptling fragte sich ein wenig verwundert, warum ihn das beunruhigte. Er hatte selbst schon getötet. Vielleicht würde er das wieder tun, wenn es nötig war. *Wenn* es nötig war. Vielleicht war dies das Schlüsselwort. Dennoch gab es da etwas anderes, das ihn beunruhigte.

»Es ist eine schlimme Sache«, sagte Kojote. »Die jungen Männer sollten nicht ohne die Erlaubnis des Häuptlings und des Rats in Kriegstrupps reiten.«

Natürlich. Der junge Häuptling war so kurz in diesem Amt, daß er den springenden Punkt des Problems übersehen hatte. Das Handeln dieser jungen Männer war eine Verhöhnung seiner Autorität.

Außerdem konnten solche gedankenlosen Taten leicht Gefahr für das Volk heraufbeschwören. Es war undenkbar, seinen Stammesteil der Bedrohung eines Vergeltungsschlags der Schädelspalter auszusetzen.

»Du wirst einen Rat einberufen?« Der Kojote sagte es als Feststellung, nicht als Frage. Der-ohne-Kopf staunte immer wieder über die Fähigkeit seines Schwiegervaters, etwas vorzuschlagen oder einen Rat zu geben, ohne daß es so wirkte. Natürlich war die Einberufung eines Rats der richtige Schritt. Er nickte zustimmend, und in diesem Augenblick kam Weißer Büffel, der Medizinmann, durch das Lager zu ihnen. Der alte Mann war atemlos vom schnellen Gehen, als er bei ihnen eintraf.

»Du hast es gesehen?« fragte er.

»Selbstverständlich.« Es war Kojote, der antwortete. »Der Häuptling wird für heute abend einen Rat einberufen, um sich mit dieser Sache zu befassen.«

Er forderte den Medizinmann mit einer Geste auf, Platz zu nehmen, und die drei begannen, über die Sache zu diskutieren.

2. Kapitel

Bei völliger Dunkelheit, der festgelegten Zeit für den Rat, war das Dorf in heller Aufregung. Viele der Jüngeren waren in Hochstimmung und sangen und tanzten wegen des Erfolgs der jungen Krieger. Einige dachten anscheinend, dieser Rat sei zur Feier des Tages einberufen worden. Sie erwarteten gewiß keine Rüge.

Die älteren, reiferen Mitglieder der Stammesgruppe waren zurückhaltend und still, denn sie verstanden den Ernst der Lage.

Dazwischen standen die jungen Männer der Hirschhund-Gemeinschaft. Sie wirkten verwirrt. Sie waren jung und überschwenglich, und sie konnten gut die Gefühle der Bösewichter verstehen, sie vielleicht sogar bewundern. Mit ihrer strengen Ausbildung in der ersten disziplinierten berittenen Gruppe auf den Prärien lehnten sie jedoch diese Beleidigung der Autorität ab.

Der-ohne-Kopf hatte selbst gemischte Gefühle. Vor ein

paar Jahren war er einer der Bösewichte auf einer fernen Militärakademie gewesen. Er konnte sich mit den überschwenglichen jungen Heißspornen identifizieren. Vielleicht war das der wahre Grund, weshalb er entschlossen war, diese Rebellion gegen die Autorität gleich von Anfang an zu stoppen.

Das Ratsfeuer brannte, und viele Leute strömten herbei, um gute Plätze zu ergattern. Einige der überschwenglichen Jungen waren immer noch in ausgelassener Stimmung.

Kojote wußte, daß mit Problemen zu rechnen war, wenn die jungen Krieger eintrafen, vielleicht mit größeren, als der Häuptling, der Medizinmann und er gedacht hatten. Die drei Betroffenen wurden von einigen weiteren heranwachsenden Kriegern begleitet, und die ganze Gruppe hatte bemalte Gesichter. Auf jeder Stirn war ein breiter Streifen roter Farbe.

Gesichtsbemalung war nichts Ungewöhnliches. Bei den rituellen Tänzen wurde Farbe manchmal sehr kunstvoll und aufsehenerregend benutzt. Aber das war eine andere Sache. Dies war kein ritueller Anlaß. Hier waren junge Männer, die sich zu einer Gruppe zusammenschlossen und deren Stirn rot bemalt war. Das sollte unmißverständlich Blutvergießen symbolisieren. Kojote befürchtete, daß es ebenfalls eine Herausforderung der Autorität darstellen sollte.

Diese Gedanken teilte er seinem Schwiegersohn mit, während sich das Volk zum Rat versammelte. Der-ohne-Kopf nickte und war sich über die gespannte Lage im klaren.

Die rituelle Pfeife wurde im Kreis herumgereicht, und jeder Krieger blies Rauch in die vier Richtungen, zur Erde und zum Himmel. Schließlich gelangte die Pfeife zurück zum Häuptling, und Kojote, der als Pfeifenträger fungierte, verstaute sie in dem Etui.

Der-ohne-Kopf eröffnete den Rat und forderte einen

Bericht von den rotbemalten jungen Kriegern in der zweiten Reihe des Kreises. Dachs erhob sich stolz, und seine Anhänger schauten ihn bewundernd an.

»Mein Häuptling«, begann er, »wir drei waren jagen.« Er wies auf seine beiden Gefährten. »Wir stießen auf drei Schädelspalter. Sie häuteten eine Antilope ab und sahen uns zuerst nicht. Ich tötete einen mit einem Pfeil, einer ritt fort, und einer konnte sein Pferd nicht einfangen. Bei diesem letzteren erzielten wir viel Ehre, bevor wir ihn schließlich töteten. Dann bemalten wir uns mit Blut, um den Sieg zu feiern.«

Der-ohne-Kopf nickte. Die Sitte, Ehren zu erlangen, war ihm vertraut geworden. Einen lebenden Feind zu berühren, war wegen der damit verbundenen Gefahr ein Zeichen von großer Tapferkeit. Er hatte Vorbehalte, was den Wert von Ehren anbetraf, die man bei einem hilflosen feindlichen Gefangenen erlangte, aber er sagte nichts. Einer der anderen Krieger bat um Sprecherlaubnis. Der-ohne-Kopf nickte.

»Mein Häuptling«, begann der Mann, »ich würde diese jungen Männer fragen, habt ihr bedacht, was der eine erzählen wird, der entkommen ist? Die Schädelspalter könnten einen Kriegstrupp gegen uns schicken!«

»Das sollen sie nur!« schnaubte Dachs. »Wir werden ihnen zeigen, was das Volk wert ist!«

Der ältere Krieger fühlte sich sichtlich unbehaglich, sagte jedoch nichts. Ein anderer Mann ergriff das Wort.

»Mein Häuptling, dies ist eine gefährliche Sache. Das Volk kann nicht in kleinen Gruppen losziehen und Schädelspalter suchen, um sie zu töten.«

Dachs sprach ohne Erlaubnis.

»Diejenigen, die keine Feiglinge sind, können das!«

Empörtes Stimmengewirr setzte nach dieser Bemerkung ein, dem leiseres Murmeln der Zustimmung von seinen Gefährten folgte.

»Schluß!« befahl Der-ohne-Kopf. Er fragte sich, warum

er jemals zugestimmt hatte, das Amt des Häuptlings zu übernehmen. »Solches Gerede will ich nicht hören! Es ist keine Frage der Tapferkeit. Sieht-weit –«, er wies auf den anderen Krieger, »– war mit den Bogenschützen im Großen Kampf.«

»Wo warst du, Dachs?« warf Kojote ein und lachte leise.

Dachs war natürlich vor zwei Jahren zum Zeitpunkt des Kampfes noch nicht im Mannesalter gewesen. Kojote wußte das genau, aber er nutzte die Tatsache listig, um den jungen Krieger vor dem Rat in Mißkredit zu bringen. Allgemeines Lachen setzte ein, und Dachs schaute Kojote wütend an. Kojote zuckte unschuldig mit den Achseln und schwieg.

Ein anderer der Bogenschützen-Gemeinschaft bat um die Erlaubnis zum Reden und sprach, als der Häuptling nickte.

»Mein Häuptling, ich finde, der Rat sollte einige Gesetze in dieser Angelegenheit beschließen, wie wir es hinsichtlich der Jagd tun, wenn die Jagdzeit schlecht ist.«

Er erntete viel zustimmendes Nicken, und es folgte eine Diskussion. Schließlich wurde das Problem gelöst, jedoch nicht zur Zufriedenheit der jungen Andersdenkenden.

Obwohl es nicht verboten war, einen Kriegstrupp aufzustellen und damit loszureiten, durfte es nur mit Wissen des Häuptlings und seiner Berater geschehen, wurdc entschieden. Und der Medizinmann mußte eine Vision haben und versichern, daß der Kriegstrupp Erfolg haben würde. Ohne diese Voraussetzungen verstieß ein Kriegstrupp jeder Größe fortan gegen das Gesetz.

Die stimmberechtigten Mitglieder des Rats beschlossen einstimmig die neuen Regeln. Es gab jedoch einige, denen nicht das höhnische Grinsen der rotbemalten jungen Krieger entging. Sie waren verdrossen und still, und Kojote bezweifelte, daß sie sich an das neue Gesetz halten würden.

Als nächstes wurde über die Durchsetzung des Gesetzes diskutiert. Es war stets die Aufgabe der Krieger-Gemeinschaft gewesen, dem Gesetz zur Geltung zu verhelfen. Jetzt gab es mehr als eine Gemeinschaft, und wer würde die Aufsicht haben?

Nach langer Diskussion wurde beschlossen, daß die Bogenschützen-Gemeinschaft diese Funktion übernahm. Sie war die ältere, gefestigtere Gruppe. Es war wahrscheinlicher, daß Übeltäter das Alter und die Erfahrung eines älteren Kriegers mehr respektierten als die Anordnungen eines jungen Hirschhund-Kriegers.

Man könnte leicht andersherum argumentieren, dachte Der-ohne-Kopf mit Unbehagen. Es sprach viel für gesellschaftlichen Druck von Gleichaltrigen. Doch das Problem war für den Augenblick gelöst. Er hoffte, daß der Zorn, den er den rotbeschmierten Gesichtern ansah, vorübergehen würde. Aber er hätte nicht darauf gewettet.

Kojote bemerkte mit Besorgnis eine andere Tatsache, als sich der Rat auflöste. Einige Jungen, die noch keine Krieger waren, scharten sich bewundernd um die Krieger mit den bemalten Gesichtern. Zu seiner großen Enttäuschung sah er, daß einer dieser Bewunderer mit den strahlenden Augen der Sohn von Sieht-weit war, einer derjenigen, die von Dachs als Feiglinge bezeichnet worden waren.

Daraus konnte nichts Gutes entstehen.

3. Kapitel

Eine Zeitlang sah es so aus, als hätten sich die jungen Rebellen beruhigt und untergeordnet. Dachs und seine Freunde baten um die offizielle Zeremonie des Medizinmannes, bevor sie zu einer Jagd aufbrachen. Anscheinend war ihre Medizin gut. Sie hatten Erfolg bei der Jagd, und ihre Tipis waren gut versorgt.

Die gemäßigteren Mitglieder des Stammesteils begannen sich etwas zu entspannen. Sogar Der-ohne-Kopf hoffte, daß die überschwenglichen Jungen jetzt zu der Lebensweise der Älteren zurückkehrten.

Kojote hatte jedoch weiterhin quälende Zweifel. Einige Dinge beunruhigten ihn, und Kojote hatte vor allem Menschenkenntnis. Diejenigen des Volkes, die wenig Menschenkenntnis hatten, hielten den kleinen Mann für eine Witzfigur, einen Possenreißer. Die Scharfsichtigeren sahen in ihm das, was er war. Mit seinem scharfen Verstand und seiner Weisheit war Kojote bei den Häuptlingen im Rat immer respektiert worden. Sein entwaffnendes, kojotenartiges Lachen, das ihm seinen Namen eingebracht hatte, konnte die ernsthaftesten Manipulationen in der Politik des Stammes vertuschen. Wie Weißer Büffel, der weise alte Medizinmann, einst bemerkt hatte, konnte Kojote führen, ohne daß es so wirkte.

Jetzt war er beunruhigt wegen der jungen Rebellen. Gewiß, es hatte den Anschein, daß sie sich einfügten, aber sie waren Unsicherheitsfaktoren. Sie gingen stets mit ihrer Gruppe auf die Jagd. Natürlich jagte ein Mann traditionell mit seinen Freunden. Daran war nichts auszusetzen. Aber *jedesmal*? Kojote bemerkte, daß die Mitglieder der von Dachs locker organisierten Gruppe wiederholt Einladungen zur Jagd von anderen Jägern ablehnten. Im Laufe der Zeit grenzten sich die jungen Anhänger von Dachs anscheinend sogar noch mehr von den anderen ab. Fast herausfordernd, fand Kojote. Sie hatten jedoch bis jetzt noch gegen kein Gesetz des Rats verstoßen. Das Gesetz wurde befolgt, und die Bogenschützen-Gemeinschaft brauchte nicht einzugreifen.

Es waren jedoch ärgerliche und beunruhigende Dinge im Gange. Dachs und seine Anhänger bemalten sich weiterhin nach jeder erfolgreichen Jagd mit Blut. Bei jeder Rückkehr von einer Büffeljagd waren die Gesichter der jungen Männer damit beschmiert. Ihre Lieder vom Erfolg waren stets laut, arrogant und voller Prahlerei. Einige Leute bezeichneten sie abfällig als Die Blutigen.

Sonderbarerweise übernahm die Gruppe diesen Namen für sich. So wie ihr Führer den geringschätzigen Namen »Dachs« angenommen hatte, nannte sich seine Gruppe jetzt mit Stolz »Blut-Gemeinschaft«.

Einige der Älteren des Stammesteils versuchten sich einzureden, daß sich hier eine Gruppe von Jungen nur streng an die bewährten feierlichen Rituale der Ahnen hielt. Kojote argwöhnte Schlimmeres. Er vermutete, daß mehr Rituale stattfanden, einige davon heimlich. Die Rebellen hatten zu leicht aufgegeben. Ihr ganzes Verhalten war falsch. Statt stillen Gehorsams zeigten sie ständige Arroganz, Ruhelosigkeit und Eigendünkel.

Und da waren ihre Tänze. Die Blutigen feierten nach jeder Jagd, selbst wenn es anscheinend wenig Grund dazu gab. In Liedern wiederholten sie die Jagd, in Tänzen riefen sie andere Jagden in Erinnerung, und der letzte Akt war stets die Geschichte vom umstrittenen Töten der Schädelspalter. Die Blutigen wollten anscheinend dem Rest des Volks das Ereignis immer wieder einhämmern. In der Wiederholung dieses Ereignisses, das Mißbilligung hervorgerufen hatte, wurde ein gewisser Widerstand gegen die Autorität sichtbar.

Kojote sagte sich, daß er mit dem Medizinmann sprechen mußte. Zusammen mit Weißer Büffel konnte er dann an Der-ohne-Kopf herantreten, wenn Schritte unternommen werden mußten. Es war bedauerlich, daß der Häuptling, der aus einem fernen Land stammte, nicht die Feinheiten des veränderten Verhaltens wie in diesem Fall erkannte.

Kojote schlenderte zum Tipi des Medizinmanns. Er blickte zum Fluß und zu der Wiese, auf der die Jungen der Kaninchen-Gemeinschaft unterrichtet wurden. Die Krieger, die den Unterricht erteilten, waren Stehender Vogel und Kojotes Sohn Langer Hirsch. Kojote entschloß sich, eine Weile zuzuschauen und bog vom Pfad ab, um zur Wiese zu gehen. Langer Hirsch winkte und ging ihm entgegen.

»Nein, nein«, sagte Kojote. »Mach weiter.«

Langer Hirsch schüttelte den Kopf.

»Wir sind fast fertig«, erklärte er. »Warte ein wenig auf mich.«

Die kleineren Kinder übten mit Wurfstöcken oder Pfeil und Bogen. Ältere Jungen zu Pferde benutzten die Lanze nach den Anweisungen, die Stehender Vogel gab. Kojote sah, daß ein junger Mann einen guten Angriff auf ein Ziel aus Weidenholz machte und den Kreis genau in der Mitte mit der Lanze traf. Es kam Kojote vor, als wäre noch nicht viel Zeit vergangen, seit er zum erstenmal gesehen hatte, wie ein Büffel auf diese Weise getötet worden war. Der-ohne-Kopf war zu dieser Zeit noch ein Fremder gewesen, und seine Macht über den Hirschhund war fast einem Wunder gleichgekommen. Jetzt erhielt jeder junge Mann des Volkes Anleitung in der Hirschhund-Medizin. *Aiee*, jetzt hatte es fast den Anschein, als wäre dies immer die Lebensweise des Volkes gewesen.

Langer Hirsch entließ seine jungen Schützlinge und kehrte zu seinem Vater zurück, der sich ins Gras gesetzt hatte.

»Geht es gut, mein Sohn?«

Der junge Krieger hockte sich hin und zuckte die Achseln.

»Gut genug«, erwiderte er unklar. Etwas beunruhigte ihn. Kojote schwieg.

»Vater, wußtest du, daß einige der jungen Männer Unterricht bei Dachs nehmen?«

Dies war eine erschütternde Neuigkeit. Das locker organisierte Erziehungssystem, die Kaninchen-Gemeinschaft, sorgte durch fast jeden Krieger, der dazu veranlagt war, für die Ausbildung der Jungen. Die meisten Männer verbrachten einige Zeit mit den Kindern, und sowohl Jungen als auch Mädchen lernten den Umgang mit Waffen und die sportlichen Disziplinen Laufen, Springen und Schwimmen.

Kojote wartete. Er wußte, daß er mehr erfahren würde.

»Stehender Vogel und ich glauben, daß Dachs sie mit auf die Jagd nimmt, bevor sie dafür reif sind.«

Wenn dies das einzige Problem wäre, dachte Kojote. Die ganze Sache nahm ein bedrohlicheres Ausmaß an. Wenn der Eindruck dieser jungen Krieger richtig war, dann suchte Dachs emsig Rekruten für die Blut-Gemeinschaft. Die Rebellengruppe war vielleicht viel organisierter, als er gedacht hatte. Er mußte mit Weißer Büffel reden.

Kojote plauderte noch eine Weile mit den jungen Männern, und dann setzte er seinen Weg zum Tipi des Medizinmanns fort. Er erwähnte nichts von seinem Verdacht.

Weißer Büffel saß vor seinem Tipi und rauchte. Er forderte Kojote mit einer Geste auf, sich zu ihm zu setzen. Kojote hockte sich hin und stopfte seine Pfeife. Krähenfrau, die Frau des Medizinmanns, brachte einen halb brennenden Ast, um den Tabak anzuzünden, und die beiden Männer rauchten eine Zeitlang schweigend. Sie waren alte Freunde, trotz des beträchtlichen Altersunterschiedes. Einmal hatte Weißer Büffel gehofft, der junge Kojote würde vielleicht sein Lehrling werden. Er und Krähenfrau hatten keine Kinder bekommen können, und so gab es keinen Sohn, der die Nachfolge des Medizinmannes antreten konnte. Dies hatte ihm in den letzten Jagdzeiten große Sorgen gemacht. Keiner der jungen Männer war anscheinend interessiert. Und jetzt war da die Sache mit Dachs. Wie konnte er Kojote erklären, welchen Verdacht er hatte?

Schließlich war es Kojote, der das Thema zur Sprache brachte.

»Onkel«, begann er mit der respektvollen Anrede des Volkes für jeden männlichen Erwachsenen, »ich möchte von den Blutigen sprechen.«

»Ja, ich auch«, sagte der Medizinmann überrascht.

Sie sprachen über ihre gemeinsamen Sorgen und Befürchtungen. Es gab wenig zu diskutieren, nur das unbehagliche Gefühl. Dem Medizinmann machte hauptsächlich das veränderte Verhalten der Blutigen zu schaffen. Sie nahmen zwar an der rituellen Vorbereitung auf die Jagd teil, doch sie wirkten dabei belustigt und spöttisch. Sie waren arrogant und beleidigend zu dem alten Medizinmann und sehr fordernd in ihren Fragen nach den Visionen. Bis jetzt hatte er ihre Forderungen erfüllen können, aber er fragte sich, was geschehen würde, wenn er ihnen von der Jagd abraten mußte.

Weißer Büffel hatte auch eine andere Sache bemerkt, die von Kojote übersehen worden war. An den Tänzen zur Feier der Jagd nahmen Frauen teil.

Kriegerschwestern! Das ließ ebenfalls auf eine gut organisierte Kriegsgemeinschaft schließen. Die jungen Frauen der Gemeinschaft blieben unverheiratet, solange sie den Status der Kriegerschwestern hatten, aber sie konnten jederzeit aus der Gemeinschaft austreten, um zu heiraten. Es war eine ehrenvolle Stellung, die Kenntnis von dem Zeremoniell der Gemeinschaft und aktive Teilnahme an den Ritualen erforderte.

Wenn Dachs und seine Blutigen jetzt Kriegerschwestern in die Gemeinschaft aufgenommen hatten, dann mußte das enormen Einfluß auf die jungen Leute haben. Das Gelübde einer Kriegerschwester durfte nicht auf die leichte Schulter genommen werden.

Dieser zusätzliche Beweis des Ansehens der gesetzwidrigen Kriegergemeinschaft ernüchterte die beiden Männer. Obwohl bis jetzt noch nichts Bestimmtes passiert war, mußten sie den Häuptling über ihre Beobachtungen informieren.

Sie erhoben sich und gingen zum Zelt des Häuptlings.

4. Kapitel

Die beiden Männer stellten fest, daß ihr Häuptling sich bereits gedanklich mit dem Problem befaßt hatte. Der-ohne-Kopf mochte mit den uralten Bräuchen des Volks noch nicht so vertraut sein, aber er war ein scharfer Beobachter. Er hatte die Spannung hinter dem trotzigen Verhalten der Blutigen gespürt. Der-ohne-Kopf hatte über das Thema sogar ausführlich mit seiner Frau gesprochen, als sie in der Wärme der Felle ihres Schlaflagers beieinander gelegen hatten.

Kojote war sehr erleichtert, daß er die Last seines Wissens teilen konnte, und die drei Männer sprachen lange miteinander. Weißer Büffel war überzeugt, daß eine Warnung an Dachs und seine Freunde in Ordnung sein würde. Bis jetzt hatten sie gegen keine Gesetze verstoßen. Es gab nichts zu tadeln. Es war eine Sache des Verhaltens. Und wenn jemand sagt, sein Verhalten sei gut und er habe gegen kein Gesetz verstoßen, konnte man ihn dann der Lüge bezichtigen?

Nach ausführlicher Diskussion waren sie sich einig, daß nichts getan werden konnte. Je weniger Gerede es gab, desto besser. Es würde jedoch wichtig sein, sorgfältig darauf zu achten, daß es keine Verstöße oder offenen Widerstand gegen die Gesetze des Volkes gab.

Der Sommer ging vom Mond des Donners in den Roten Mond über. Es war fast der Mond der Jagd, als es den nächsten Zwischenfall gab.

Dachs und eine Handvoll der jungen Blutigen waren auf einer ihrer häufigen Jagden. Diese Ausflüge brachten nicht viel Jagdbeute ein. Die jungen Männer fragten weiterhin vor der Jagd nach den Visionen des Medizinmanns, aber sie streiften offenbar weit herum und ignorierten gutes Jagdgebiet in der Nähe. Wenn sie jagen, dachte Kojote grimmig, dann sind es keine Büffel.

So war es keine große Überraschung, als die kleine

Schar der Blutigen nach dreitägiger Abwesenheit ohne Fleisch zurückkehrte. Die Blutigen hatten ein Pferd weniger, ein schwerverwundeter Junge hockte zusammengesunken hinter einem der Reiter, und ein anderer hatte leichtere Verletzungen. Eines der Pferde lahmte und wies eine Pfeilwunde in der Flanke auf.

Das Lager geriet in Aufregung, und sofort wurde von einer Einberufung des Rats gesprochen. Es war eine ausgemachte Sache, daß der Rat die Bösewichter bestrafen würde. Trotz dieser allgemeinen Ansicht führten sich die Blutigen weiterhin auf als wären sie Helden.

Vom Standpunkt des Häuptlings aus war der Rat an diesem Abend völlig unbefriedigend. Weder Der-ohne-Kopf noch der gerissene Kojote waren in der Lage, die jungen Krieger zu einem Eingeständnis zu bewegen, daß sie etwas Falsches getan hatten. Sie waren nur auf Büffeljagd gewesen, und zwar mit Billigung des Medizinmanns. Weißer Büffel bestätigte widerwillig, daß diese Behauptung stimmte.

Dachs beteuerte, daß die Jäger unschuldig wären. Sie seien auf einen zahlenmäßig überlegenen Trupp des Feindes gestoßen und hätten Glück gehabt, daß sie lebend entkommen waren. Dachs sonnte sich jedoch zu sehr in den Einzelheiten des Kampfes. Sie hatten einen der Schädelspalter getötet und einen anderen schwer verwundet.

Der Rat schloß ohne Reaktion auf den Zwischenfall. Es konnte nichts unternommen werden. Die Blutigen hatten noch immer nicht gegen die Gesetze des Rats verstoßen, und ihr Bericht über die Einzelheiten des Kampfes mußte respektiert werden.

Die Blutigen begannen sofort mit einem Siegestanz zu feiern, worüber sich Der-ohne-Kopf sehr ärgerte.

Kojote beobachtete die Feier. Jemand hatte eine Trommel gebracht, und Leute versammelten sich, als eines der Mädchen rhythmisch trommelte. Die Krieger der Blut-Gemeinschaft begannen den Tanz. Sie tanzten, sangen und spielten nicht nur diesen Kampf nach, sondern auch frühere Kämpfe mit dem Feind. Jeder hatte sich den inzwischen vertrauten breiten Streifen aus roter Farbe auf die Stirn gemalt.

Die Feier dauerte bis zur Morgendämmerung, und für Häuptling Der-ohne-Kopf gab es wenig Schlaf. Er hatte wie Kojote den Ausdruck der Bewunderung in den Gesichtern der jüngeren Knaben gesehen. Die heranwachsenden Kinder durften die jungen Rebellen nicht vergöttern. Der-ohne-Kopf überlegte verzweifelt, wie es verhindert werden konnte. Selbst Kojote, der für gewöhnlich Vorschläge hatte, wußte anscheinend nicht mehr weiter. Die Sache riß das Volk auseinander. Sie entfremdete Vater und Sohn. Der-ohne-Kopf und Kojote hatten nach der Auflösung des Rats bemerkt, daß der junge Sohn von Sieht-weit fast verehrend zu Dachs aufgeschaut hatte. Sieht-weit, dieser ehrenwerte Krieger, war anscheinend so sehr von aufgestautem Zorn erfüllt gewesen, daß es einen Augenblick lang den Anschein gehabt hatte, er würde Dachs körperlich angreifen. Wie soll ein Mann reagieren, wenn er sieht, daß sein Sohn dem falschen Pfad folgt?

Der-ohne-Kopf sagte sich, daß der Junge noch nicht alt genug war, um mit den Blutigen zu reiten. Vielleicht geschah etwas, das die Sache zum Guten wendete. Aber er glaubte nicht wirklich daran. Gegen Morgen wurde das ferne Trommeln leiser und langsamer. Das Lied wurde von einem anderen Laut in einem fernen Teil des Lagers ersetzt.

Es begann als leises Klagen und schwoll allmählich an. Der-ohne-Kopf wußte, was es war, doch er hätte es vorgezogen, es zu ignorieren. Das entnervende Klagen war das Trauerlied des Volkes. Es kam von der fernen Seite des Lagers, und der Häuptling wußte, aus welchem Tipi es ertönte.

Vogelfrau hatte beim Großen Kampf ihren Mann verloren. Die Witwe hatte mit Hilfe ihres Bruders Sieht-weit ihr

Tipi aufrechterhalten, während Wandernder Fuchs, ihr ältester Sohn, zum Mannesalter herangewachsen war. Vogelfrau hatte ihre ganze Zukunft auf den jungen Mann gesetzt, und viele waren besorgt und bekümmert gewesen, als er sich Dachs und den Blutigen angeschlossen hatte. Jetzt war er bei dem Kampf schwer verwundet worden. Das Wehklagen aus dem fernen Tipi konnte nur eines bedeuten: Wandernder Fuchs war gestorben.

Der-ohne-Kopf drehte sich unruhig auf die andere Seite. Er fühlte sich elend und entmutigt, weil er nicht fähig war, in die Entwicklung der Dinge einzugreifen. Die Große legte tröstend einen Arm über seine Brust und kuschelte sich näher an ihn. Sie wollte helfen, aber sie war ebenfalls mutlos. Es war ihr nicht ganz klar, wie wichtig allein ihre Anwesenheit für den besorgten jungen Häuptling war.

5. Kapitel

Die innere Spannung in der Stammesgruppe wurde durch den jährlichen Umzug ins Winterlager etwas gemildert. Der-ohne-Kopf war zu diesem Zeitpunkt dankbar für jede Ablenkung.

Steinbrecher, der Waffenmacher, hatte darum gebeten, daß sie den Weg über den Steinbruch wählten, wo es den Feuerstein gab. Sie konnten den Vorrat an der Mangelware auffüllen und trotzdem vor dem Mond der fallenden Blätter zum Überwintern in dem gewünschten Gebiet sein. Der Vorschlag war anscheinend gut. Nach drei Sonnen brach die Hirschhund-Gruppe auf.

Der Häuptling war besorgt wegen des Verhaltens von Sieht-weit. Dieser Krieger war verdrossen und von Haß erfüllt wegen des Tods seines Neffen. Er hatte seinem Sohn Gelber Vogel verboten, sich Dachs und den Blutigen anzuschließen. Das rief natürlich den Trotz des Jungen hervor. Der ganze Stammesteil wußte, daß der Junge dennoch heimlich den Blutigen folgte.

Der-ohne-Kopf sprach wieder mit Kojote über die Möglichkeiten, und keiner von beiden sah eine Lösung des Problems.

»Es ist wie der Fluß, der sich dem Wasserfall nähert«, sagte Kojote grimmig. »Das Wasser fließt erst langsam und dann schneller und schneller.«

Der junge Häuptling stimmte mit einem Nicken zu. Leider gab es eine unausgesprochene Fortsetzung dieses Bildes. Das Wasser floß unweigerlich über den Rand, um in die Tiefe auf die Felsen zu stürzen.

Die Pause beim Steinbruch lohnte sich. Bei einer geschützten Mulde in der gewellten Prärie trat weißes Gestein zutage. Das ganze Gebiet war getupft mit Wölbungen und Vorsprüngen, die horizontal aus den grünen Hügelhängen ragten. Auf der Oberfläche dieser Steine waren oftmals die Umrisse kleiner Wassertiere, Schnecken und Wasserpflanzen zu sehen. Diese Versteinerungen im Kalkstein weckten die Neugier des Volkes, aber die wahre Bedeutung war mehr praktischer Natur. Hier und dort sah man im Schutz des überhängenden Kalksteins Adern von hartem, blaugrauem Feuerstein. Einige der besseren Steinbrüche waren jahrhundertelang ausgebeutet worden. An dem Platz, den das Volk jetzt aufsuchte, war die waagrechte Schicht des kostbaren Steins nur so dick wie eine Hand. Wie tief sie in den Kalkstein hineinging, war unbekannt, aber eine hohe Schicht von herausgeschlagenen Splittern bedeckte den Boden. Die Feuersteinader war von vielen Stämmen über Generationen hinweg benutzt worden.

Steinbrecher kauerte sich in die Vertiefung vor dem Vorsprung des Hangs und schlug mit einem großen Stein methodisch Stücke aus der Feuersteinader. Einige der Krieger, die stolz auf ihr Können waren, schlossen sich

Steinbrecher an und sammelten Feuerstein zum eigenen Gebrauch oder baten um seinen fachmännischen Rat. Steinbrecher hinkte nach einer früheren Verletzung, aber er war der anerkannte Experte für Waffen. Sein handwerkliches Können wurde auch von den anderen Gruppen des Stammes anerkannt, und eine Speerspitze, die von Steinbrecher angefertigt worden war, wurde sehr geschätzt.

Der-ohne-Kopf wollte hier jedoch keine Zeit verlieren. Der Steinbruch wurde von vielen Stämmen genutzt, auch von den Schädelspaltern. Es würde gut sein, so schnell wie möglich zum Winterlager weiterzuziehen. Folglich kündigte der junge Häuptling nach ein paar Tagen den Aufbruch an.

Als Sonnenjunge seine Fackel über den halben Himmel getragen hatte, zog das Volk südwärts. Der-ohne-Kopf hatte entschieden, daß sie in dem Gebiet überwintern würden, in dem er den ersten Winter mit dem Volk verbracht hatte. Wie lange schien das jetzt her zu sein. Er hatte sich verirrt und war verwundet gewesen, und Kojote hatte sich um ihn gekümmert und ihn in sein Tipi aufgenommen, als der Winter bevorgestanden hatte. Die Rückkehr in dieses Gebiet war jetzt wie eine Heimkehr. Wie einfach waren die Dinge damals gewesen. Sein Hauptproblem war die Rückkehr zu seinem eigenen Volk gewesen. Er hatte sich ungeduldig über jede Verzögerung geärgert und gereizt reagiert. Damals hatte er diese Zeit als eine des Elends und der Enttäuschungen betrachtet.

Jetzt, in der Erinnerung, war es eine angenehme, unkomplizierte Zeit, in der die Dinge einfach gewesen waren und wo es auf alle Probleme leichte Antworten gegeben hatte. Jetzt mußte er mit all den internen Spannungen im Volk fertig werden. Darüber hinaus hatte er nun die Verantwortung eines Familienvaters. Sein Sohn, Adler, hatte bereits an der Zeremonie des Ersten Tanzes teilgenommen. Bald würde es ein zweites Kind in seinem Tipi geben. Die Große zeigte gerade den Beginn der verräterischen Wölbung des Bauchs und den leicht veränderten Gang. Der-ohne-Kopf lächelte vor sich hin. Bei dem Gedanken an Die Große fühlte er sich immer gut.

Der Häuptling wurde plötzlich aus seinen Träumereien gerissen. Ein Späher nahte. Stehender Vogel galoppierte heran und zügelte sein Pferd so heftig, daß es fast die graue Stute des Häuptlings berührte, als es schlitternd zum Stehen kam.

»Mein Häuptling, voraus sind Leute. Schädelspalter.«

»Ein Jagdtrupp?«

»Nein, nein, sie haben Frauen und Kinder und ihren Besitz dabei.«

Der-ohne-Kopf entspannte sich etwas. Es würde wahrscheinlich keine Schwierigkeiten geben. Beide Gruppen würden einen Konflikt vermeiden, weil ein Kampf zu gefährlich für die Familien der Krieger sein würde.

»Es ist gut. Sag es weiter. Wir werden langsam weiterziehen, bis wir den anderen Trupp sichten. Wenn du Sieht-weit findest, schick ihn zu mir. Dann kehre ebenfalls zurück.«

Stehender Vogel trieb sein Pferd an und ritt auf das Ende der Kolonne zu. Der-ohne-Kopf berührte mit den Schenkeln leicht die Flanken der kleinen Stute und trabte zur Spitze der Kolonne.

Die Konfrontation fand auf einer weiten Wiese statt. Beide Gruppen wünschten es so. Als die andere Gruppe zu sehen war, zog sich das Volk dicht zusammen, mit den Frauen und Kindern in der Mitte. Um diesen Kern drängten sich die Packtiere und Pferde. Davor ritten Krieger langsam im Kreis. Die andere Gruppe führte ein paar hundert Schritte entfernt das gleiche Ritual durch.

Drei Reiter tauchten aus der anderen Gruppe auf und näherten sich im Schritt. Der-ohne-Kopf blickte in die Runde. Alles war bereit.

»Dachs«, rief er, »du wirst nichts unternehmen!«

»Selbstverständlich, mein Häuptling.« Dachs lächelte sarkastisch.

Der-ohne-Kopf ritt, flankiert von Sieht-weit und Stehender Vogel, langsam den Fremden entgegen. Die Fremden hielten sich an das Ritual, stoppten auf halbem Weg zwischen den beiden Gruppen und warteten. Der-ohne-Kopf und seine Begleiter ritten vorsichtig bis auf Hörweite heran und zügelten ihre Pferde. Jenseits der berittenen Schädelspalter sah Der-ohne-Kopf auf der fernen Seite der Wiese die Frauen und Kinder des Feindes, die sich zusammendrängten. Krieger ritten schützend langsam im Kreis wie bei seiner eigenen Gruppe.

Der andere Häuptling hob die Hand zum Gruß, sprach und benutzte zugleich die Zeichensprache. Der-ohne-Kopf beherrschte nicht die Sprache des anderen, aber die Zeichensprache war allgemeingültig. Er erwiderte den Gruß.

Es folgte diplomatisches Geplauder über das Wetter und die Jagd. Der-ohne-Kopf erklärte, daß das Volk soeben vom Steinbruch gekommen war, wo es seinen Vorrat an Feuerstein aufgefüllt hatte.

»Ja, du wirst viele Waffen brauchen«, erwiderte der andere Häuptling selbstgefällig. »Deine jungen Männer müssen noch viel lernen.«

Die Abgesandten des Volkes packten ihre Waffen fester, regten sich aber sonst nicht. Jede Antwort war Sache ihres Häuptlings. Der-ohne-Kopf, dessen ruhiges Äußeres über seine Anspannung hinwegtäuschte, blickte zu Sieht-weit. Es war zu hoffen, daß dieser Krieger nach der kürzlichen familiären Tragödie seine Gefühle unter Kontrolle halten konnte. Wenn er sich im Zorn zu unbedachtem Handeln hinreißen ließ, würde ein blutiger Kampf folgen. Sieht-weit wirkte ruhig und beherrscht. Er war ein methodischer Denker, und der Ernst des Augenblicks war im klar. Eigentlich ist die Ursache seines Zorns mehr bei seinen eigenen Leuten als beim Feind zu sehen, dachte Der-ohne-Kopf grimmig. Welch eine sonderbare Situation.

»*Alle* Männer müssen noch viel lernen«, antwortete Der-ohne-Kopf in Zeichensprache. Es lag eine Spur von verschleierter Drohung in seinen Worten.

Die Runzeln um die Augen des feindlichen Häuptlings spannten sich nur ein wenig, und er lächelte hart. Er hatte von dem bärtigen Häuptling des Volkes gehört und kannte seinen Ruf. Es hieß, daß der Mann mit Haaren im Gesicht ruhig wirkte, aber gefährlich war. Dies würde ein guter Zeitpunkt sein, um das Treffen zu beenden.

»So sei es«, erwiderte er in Zeichensprache, »bis wir uns wieder begegnen!«

Er zog sein Pferd herum, zeigte dem jungen Mann mit den Haaren im Gesicht mit perfekter Selbstsicherheit den Rücken und ritt langsam zu seiner Gruppe zurück.

Die Männer des Volks taten das gleiche, und die beiden Gruppen machten vorsichtig einen Bogen umeinander und setzten ihren Weg in verschiedene Richtungen fort.

6. Kapitel

Die Jagd war gut, mit warmen Tagen und kühlen Nächten, und das Volk bereitete viel Dörrfleisch für den Winter vor. Einiges Fleisch wurde fein zerstampft, mit geschmolzenem Nierenfett, Nüssen und Beeren gemischt und in Büffeldärme zu Würsten gestopft.

Viele Felle wurden präpariert, und Häute wurden für die Anfertigung von Kleidungsstücken gegerbt. Während der langen und warmen Tage des Mondes der fallenden Blätter bereitete das Volk die Tipis für den Winter vor. In den Zwischenraum zwischen den inneren Fellen und der Außenhaut der Tipis, der für gewöhnlich als Lagerraum diente, wurde trockenes Gras zum Schutz gegen den Angriff des Kältemachers gestopft.

Es war eine arbeitsreiche Zeit. Selbst die Unruhestifter waren mit der Jagd und dem Lagern der Vorräte beschäftigt, und die Unruhe ließ etwas nach. Es war eine Erholungspause nach der Anspannung. Der-ohne-Kopf befürchtete jedoch, daß dies trügerisch war. Er wußte, daß die jungen Männer im milden Wetter des folgenden Frühjahrs unruhig werden würden, und Kojote bestätigte das. Es würde eine schwierige Zeit kommen, wenn die jungen Leute im Mond des grünenden Grases die Muskeln spannten. Der Häuptling hoffte, daß er für genug Ablenkung sorgen konnte, um größere Zwischenfälle zu vermeiden. Vielleicht ließ er den Stamm ohne ständiges Lager weiterziehen bis zum Sonnentanz im Mond der Rosen. Das war vielleicht einen Versuch wert.

Aber jetzt wurde die Fackel des Sonnenjungen schwächer, und sein täglicher Lauf über den Himmel wurde kürzer. Gänse flogen schreiend am Himmel auf dem Weg zu den Gewässern im Süden. Der-ohne-Kopf beobachtete sie und sehnte sich danach, ihnen zu folgen, doch er zog es vor, zu bleiben. Die Sehnsucht nach seinem warmen Tipi und der liebenden Frau war viel größer. Er legte einen Arm um ihr Taille, und Die Große neigte den Kopf an seine Schulter. Seit ihrer Hochzeit vor drei Jahren hatten sie gern gemeinsam den Anblick der Prärie genossen und den Geräuschen gelauscht. Der Schrei der Gänse am verblassenden Abendhimmel, der Duft der Natur in der Zeit der Reife riefen bei ihnen die langen, sonnigen Tage ihrer ersten gemeinsamen Wochen in Erinnerung. Das war auch im Mond der fallenden Blätter gewesen. Das und die Schönheit der Natur in dieser Jahreszeit hatten diesen Monat zu seinem liebsten gemacht.

Der goldene und purpurne Schimmer der Herbstblumen und das gedämpfte Rot und Gelb des hohen Präriegrases verblaßten vor der Ankunft des Kältemachers. Es gab ein paar Stürme, die um die warmen Tipis heulten und pfiffen, aber alles in allem war es ein milder und frostfreier Winter. Zu keiner Zeit bedeckte Schnee länger als ein paar Tage den Boden, bevor Sonnenjunge den Kältemacher niederrang und in seine nördliche Domäne zurückstieß. Kojote kicherte erfreut über die wiederholten Siege von Sonnenjunge. *Aiee*, nicht immer hatte das Volk so viel Glück!

Der-ohne-Kopf rauchte während der langen Abende mit seinem Schwiegervater nicht nur die Pfeife, sondern teilte auch seine Gedanken. Würde es möglich sein, das Volk weiterziehen zu lassen, um von den Blutigen abzulenken?

Kojote paffte langsam, stieß blaue Rauchwölkchen aus und beobachtete, wie der Rauch zum Abzug in der Spitze des Tipis emporkräuselte. Er nickte.

»Das ist vielleicht eine gute Sache. Es kann nicht schaden. Wenn wir unterwegs sind, gibt es viel Arbeit, und die jungen Krieger werden vielleicht abgelenkt.« Er paffte wieder und nickte vor sich hin. »Es könnte die Dinge zumindest in der Schwebe halten, bis wir zum Sonnentanz eintreffen. Dann werden sie damit eine Weile beschäftigt sein.«

»Ich habe auch überlegt«, fuhr Der-ohne-Kopf fort, »ob es gut wäre, einen Überfall auf die Schädelspalter zu machen, damit die Blutigen ihre Kampfeslust stillen können.«

»Ich halte wenig davon.« Kojote schüttelte nachdenklich den Kopf. Bis zur Ankunft der Hirschhunde war das Volk nicht kämpferisch gewesen. Ihre Verteidigung hatte im Davonlaufen und Verstecken bestanden. Seit den Erfolgen bei den paar Kontakten mit dem Feind in den vergangenen Jahren war es schwierig, sich wieder an das alte Verhalten zu gewöhnen. Kojote hielt es immer noch für das beste, Konflikte zu vermeiden, wann immer das möglich war. »Warum sollten wir die Gefahr suchen, wenn es keine gibt?«

Der-ohne-Kopf mußte zustimmen. Ein Überfall würde nur die Taten sanktionieren, die sie bei den Blutigen mißbilligten. »Es war nur ein Gedanke«, sagte er geistesabwesend. Jede mögliche Antwort auf das Problem des Volkes mußte erwogen werden.

Sie zogen Weißer Büffel ins Vertrauen, und der Plan wurde umrissen. Der alte Mann nickte begierig. Er konnte eine große Hilfe sein. Er traf die Entscheidung, wann die trockene Prärie im Frühjahr in Brand gesetzt wurde, um das anschließende Grünen und die Rückkehr der Büffel zu beschleunigen. Jetzt konnte er sich scheinbar irren und das Gras zu früh verbrennen lassen; dann würde es verspätet nachwachsen und sie mußten weiterziehen. Die drei Verschwörer sprachen lange miteinander und planten sorgfältig jeden Schritt.

Die Große und ihre Mutter, Die-mit-den-großen-Füßen, brachten eine Idee in die Unterhaltung ein. Ein paar sorgfältig ausgewählte Frauen konnten helfen. Es würde einfach sein, sich über den Lagerplatz zu beschweren und an dem Wasser und sogar an der Qualität des verfügbaren Wilds herumzumäkeln. Wenn es genug Klagen gab, blieb dem Häuptling nichts anderes übrig, als den Befehl zum Weiterziehen zu geben.

Die Männer waren erfreut.

»Aber nur ein paar Frauen«, mahnte Kojote. »Sie sollten nicht mal ihren Ehemännern von dem Plan erzählen.«

Sie einigten sich, daß selbst diese Frauen so wenig wie möglich von dem ganzen Plan erfahren sollten. Sie würden nur ermuntert werden, sich unzufrieden bei ihren Männern und Nachbarn zu äußern. Dies würde für eine weitere Ablenkung von den ernsten Problemen sorgen.

Antilope, die Frau von Stehender Vogel und beste Freundin von Die Große, wurde als einzige voll ins Vertrauen gezogen. Diese drei Frauen versicherten dem Häuptling, daß sie für genügend Wirbel sorgen konnten, wenn es an der Zeit war.

Weißer Büffel befahl das Abbrennen des Grases so früh im Mond des Grünens, daß die ersten Grashalme noch nicht richtig sichtbar waren. Einige der Älteren der Stammesgruppe schüttelten den Kopf und kicherten. Der Fehler war offenkundig für sie. *Aiee*, Weißer Büffel muß zu alt für sein Amt sein, tuschelten sie.

Das Volk wartete, und es wuchs kein Gras. Der Medizinmann hatte den Zeitpunkt gut gewählt. Es würde so deprimierend sein, die schwarze Prärie zu sehen, daß das Volk zu murren begann, und der Häuptling befahl, in ein besseres Gebiet weiterzuziehen. Schließlich mußte es Futter für die Pferde geben. Die Stammesgruppe zog über das flache Hügelland, und die zahllosen Hunde liefen nebenher.

Im nächsten Gebiet wählte der Medizinmann perfekt den Zeitpunkt des Abbrennens des Grases, und es begann in ein paar Tagen zu grünen. Aber es kam kein Büffel. Gelegentlich ließ sich das eine oder andere Wild blicken, und es gab Fleisch, aber die erwarteten großen Herden tauchten nicht auf. Keiner litt richtig. Nur ein paar verspeisten ihre Hunde, und einige davon taten es mit besonderer Vorliebe.

Die Männer wurden jedoch mit der erforderlichen Jagd beschäftigt, und die Unruhestifter hatten keine Zeit, um Scherereien zu machen. Weißer Büffel war geneigt, sich den Erfolg der ganzen Sache als Verdienst anzurechnen, aber es war auch viel Glück dabei.

Als die Blutigen unruhig wurden, war es an der Zeit, daß die Frauen mit ihren Klagen begannen. Es fing an der Wasserstelle an. Die Große und Antilope vergewisserten sich, daß andere Frauen in der Nähe waren, und führten einen langen Wortwechsel über die schlechte Qualität des trüben Wassers. Das Wasser war kristallklar, aber als die Frauen, die alles mitgehört hatten, davongingen, zweifelten sie an der Güte des Inhalts ihrer ledernen Wassereimer. Im Lager machte das Gerücht die Runde, daß das Wasser schlecht wäre.

Schließlich beschwerte sich Die Große bei ihrem Mann in Anwesenheit mehrerer Leute. Sie machte ihm eine Szene und schalt ihn heftig aus, weil er einen Lagerplatz ausgewählt hatte, bei dem es wenig Brennholz und kaum Wild gab, das zudem noch abgemagert und mickrig war. Obwohl die ganze Sache abgesprochen war, fühlte sich Der-ohne-Kopf durch die Tirade so gekränkt, daß er nicht übermäßig schauspielern mußte, als er eingeschnappt davonging. Macht nichts, dachte Die Große. Sie konnte es später bei ihm gutmachen. Es war ihr überraschend schwergefallen, ihren Mann öffentlich in Verlegenheit zu bringen, obwohl es einer guten Sache diente.

Zwei der älteren Bogenschützen hatten die Schimpfkanonade gehört und lachten in sich hinein, als Die Große an ihnen vorbeirauschte.

»*Aiee*«, sagte der eine zu seinem Gefährten, »unser Häuptling trägt eine schwere Last.«

Die Große erkannte, daß der Scherz für ihre Ohren bestimmt war. Sie war sich nicht sicher, ob die Bemerkung ihrem gewölbten Leib oder ihrem Temperament galt, aber sie mußte ihre Rolle spielen. Sie fuhr herum und ging auf die beiden zu.

»Die schwerste Last, die mein Mann zu tragen hat, besteht darin, daß er solche Krieger wie euch beide führt!«

Sie wandte sich um und marschierte davon. Die Männer lachten erfreut. Eine Frau mit Geist war beim Volk hochgeschätzt. Während sie ihr nachschauten, verrieten ihre Blicke, daß sie die Last des Häuptlings überhaupt nicht als schwer betrachteten.

7. Kapitel

Am nächsten Tag zogen sie ohne Vorankündigung weiter. Es sprach sich herum, daß man wegen des Mangels an Wild langsam nordwärts ziehen und unterwegs jagen wollte. So würden sie bald bei den anderen Stammesgruppen zum Sonnentanz eintreffen. Es konnte nicht schaden, etwas früher dort zu sein, denn es war unwahrscheinlich, daß die Blutigen die Festlichkeit verlassen würden, wenn sie erst einmal dort waren.

Das Gelände für den Sonnentanz, auf das man sich im vergangenen Jahr geeinigt hatte, lag am nördlichen Arm des Walmut River. Es war ein Lieblingsplatz für das wichtigste jährliche Ereignis des Volkes.

Die Strategie, die vom Häuptling und seinen Beratern entworfen worden war, klappte gut. Alle zwei oder drei Tage wurde ein anderes Lager errichtet. Weißer Büffel bestimmte einen Zickzackkurs, und so brauchten sie mehr Tage, als eigentlich nötig gewesen wären. Der gerissene alte Medizinmann war meistens erfolgreich beim Aufspüren der Büffel, und die Blutigen schöpften keinen Verdacht bei seinen Umwegen.

Die Krieger hatten weiterhin bescheidenen Erfolg bei der Jagd, und allmählich näherte sich die Stammesgruppe dem Platz des Sonnentanzes.

Die Hirschhund-Gruppe traf nicht als erste ein. Es war ein Brauch, daß die Familie des Oberhäuptlings des Stammes verantwortlich für das Gelände, die Tanzfläche und die Vorbereitungen war. Deshalb war die nördliche Stammesgruppe unter Häuptling Viele Felle als erste eingetroffen und begann mit der Laube für den Sonnentanz. Pfähle waren zusammengebunden worden, um das Fachwerk für die an den Seiten offene Laube zu bilden, und Männer richteten aus Gestrüpp und Blättern ein Dach her, das bei den Ereignissen, die eine Woche dauern sollten, Schatten spenden würde.

Die jungen Männer der eintreffenden Hirschhund-Gruppe führten einen Scheinangriff durch, ritten im Kreis und brüllten im Rahmen einer großen Schau. Einige der nördlichen Stammesgruppen schlossen sich der Feier an, und der vereinte Trupp ritt im Kreis um das Lager, schrie und sang und schwang Waffen.

Der-ohne-Kopf war versucht, bei der Schau mitzumachen. Sein junges Blut geriet bei diesem farbenprächtigen Spektakel in Wallung, aber sein Gefühl sagte ihm, daß eine Teilnahme an diesem ausgelassenen Treiben nicht der Würde seines Amtes entsprach.

Der junge Häuptling bemerkte, daß viele der Krieger seiner Stammesgruppe nicht an der ausgelassenen Feier teilnahmen. Die meisten der Bogenschützen, aber auch einige Krieger der Hirschhund-Gemeinschaft schauten nur zu, und einige Mienen spiegelten Mißbilligung wider. Der-ohne-Kopf schaute sich um und entdeckte Sieht-weit, der auf seiner kastanienbraunen Stute saß. Der Mann starrte so feindselig auf das Treiben, daß Der-ohne-Kopf wieder tief besorgt war. Er hatte noch nie eine so schnelle Veränderung bei einem Menschen gesehen.

Sieht-weit war ein ruhiger, gelassener, beliebter und fähiger Mann gewesen. Er war der bei weitem beste Späher und Spurenleser der gesamten Stammesgruppe, doch er machte kein großes Aufheben; er war bescheiden. Die Stammesgruppe war bei einigen Begegnungen mit den Schädelspaltern stark auf seine Fähigkeiten angewiesen gewesen. Nach dem Tod seines Neffen und dem Interesse seines Sohns an den Blutigen hatte sich Sieht-weit verändert. Er war launenhaft, mißmutig und fast unvernünftig geworden. Frühere Freunde begannen ihn wegen seiner Unfreundlichkeit zu meiden.

Der-ohne-Kopf war sehr besorgt, denn er befürchtete, daß er das Können des Kriegers nicht nutzen konnte, wenn es am meisten gebraucht wurde. Er konnte verstehen, daß ein Mann mit Problemen in der Familie zu sehr mit seinen Gedanken beschäftigt war, um sonst etwas wahrzunehmen. Sogar jetzt war Sieht-weit allein, ohne Freunde.

Zum Teufel mit diesem blöden, arroganten Dachs und seiner verdammten Blut-Gemeinschaft, dachte der Häuptling. Er trieb seine Stute an und wollte zu Sieht-weit reiten, um freundlich mit ihm zu plaudern, doch der Krieger ritt langsam fort und blickte nicht zurück. Der Häuptling schaute dem einsamen Krieger nach und gab seine Absicht auf.

Statt dessen ritt er durch das Lager, um dem Oberhäuptling seine Aufwartung zu machen. Er winkte und nickte unterwegs Freunden und Bekannten von der nördlichen Stammesgruppe zu. Das Lager war gut angelegt, stellte er fest. Viele Felle war seit vielen Jahren ein fähiger Häuptling. Gras und Wasser waren gut. Das Gelände für das Lager jeder Stammesgruppe war gerodet und eben. Nach altem Brauch kampierten die Stammesgruppen nach einem traditionellen Muster um das Tanz-Tipi. Jede Gruppe besetzte die gleiche Position im Kreis, wie sie ihr Häuptling beim Großen Rat innehatte.

So war das Lager der nördlichen Stammesgruppe bereits nördlich des Tanz-Tipis errichtet worden. Die Hirschhund-Gruppe, der südliche Stammesteil, würde ihr Lager gegenüber aufschlagen. Zu ihrer Linken würde die Rote-Felsen-Gruppe zelten, gefolgt von der Berg-Gruppe. Die östliche Gruppe des Stammes würde den nordöstlichen Abschnitt des Kreises besetzen. Direkt nach Osten wurde immer eine freie Fläche gelassen, eine Tür für Sonnenjunge nach seinem Aufstehen.

Keine der anderen Gruppen war bisher eingetroffen, wie Der-ohne-Kopf feststellte. Eine Schar aufgeregter junger Reiter preschte singend und rufend vorbei, und junge Frauen winkten ihnen zu und riefen Grüße. Jeder wurde von der Aufregung des feierlichen Anlasses angesteckt. Seit Der-ohne-Kopf zum ersten Mal den Sonnentanz gesehen hatte, war er stets beeindruckt davon gewesen, weil es viele Ähnlichkeiten zu einem ländlichen Volksfest in seiner fernen Heimat gab. Die Atmosphäre war aufregend wie auf einem Jahrmarkt. Es würde Familientreffen geben, zeremonielle und gesellschaftliche Tänze, Fasten, Geschichtenerzählen und natürlich den Großen Rat. Jeder Häuptling würde über die Ereignisse des Jahres für seine Gruppe berichten. Bei diesem ernüchternden Gedanken wurde Der-ohne-Kopf wieder deprimiert.

Der-ohne-Kopf hatte fast das Tipi des Oberhäuptlings erreicht, als ein anderer Reitertrupp an ihm vorbeijagte. Er blickte auf und sah bestürzt Dachs mit seinen Gefährten. Alle hatten den breiten roten Streifen auf die Stirn gemalt. Dies war eine völlige Abkehr von der Tradition. Sogar Der-ohne-Kopf, ein relativer Neuling beim Stamm, hatte nie gesehen, daß man sich rituell bemalte, nur um Freunde und Verwandte in dem großen Lager zu begrüßen. Das jetzt vertraute Gefühl des Unbehagens stieg in ihm auf, und einen Augenblick lang war er von Furcht erfüllt.

Er zügelte die graue Stute vor einem prächtigen Tipi aus fast dreißig Häuten und rief einen Gruß.

»*Ah-koh,* mein Häuptling! Ich bin Der-ohne-Kopf von der südlichen Gruppe.«

Der Oberhäuptling tauchte aus dem Tipi auf und winkte seinen Besucher herein.

»*Ah-koh,* mein Freund! Komm und rauch mit mir die Pfeife.«

Ein junger Mann trat vor, übernahm die Zügel der Stute und führte das Tier zu Gras und Wasser. Der-ohne-Kopf betrat das Tipi.

Sein Gastgeber ging voran um das Kochfeuer herum zu dem Stapel von Fellen gegenüber dem Zugang. Er forderte den jüngeren Mann auf, Platz zu nehmen, und eine Frau brachte eine Pfeife und stopfte sie. Der-ohne-Kopf holte seine eigene Pfeife hervor und füllte sie ebenfalls. Die beiden Männer zündeten die Pfeifen mit einem an der Spitze glühenden Stock an, den eine der Frauen vom Feuer brachte.

Die Haut des Tipis war auf der Südseite ein paar Handspannen angehoben, und eine leichte Brise machte es angenehm für einen erhitzten, staubbedeckten Reisenden. Die beiden Männer plauderten über das Wetter, den milden Winter, die Jagd und den Mangel an jedem Kontakt mit den Schädelspaltern. Dann neigte sich der alte Oberhäuptling plötzlich vertraulich vor und sprach über ein neues Thema.

»Du hast Probleme mit einigen deiner jungen Männer?«

Der-ohne-Kopf war erstaunt. Es war ihm seit langem klar, daß der alte Häuptling ein äußerst scharfer Beobachter war. Der Oberhäuptling hatte auch zweifellos Kundschafter, die ihm berichteten. Aber wie hatte er nur Minuten nach ihrer Ankunft von den internen Schwierigkeiten einer seiner Gruppen erfahren? Wieder einmal bewunderte Der-ohne-Kopf den Scharfsinn und die Schlauheit des alten Mannes. Das war wahrhaftig ein Häuptling.

8. Kapitel

In der folgenden Unterhaltung wurde wenig erreicht. Der-ohne-Kopf informierte den Oberhäuptling über die Ereignisse, und Viele Felle nickte verständnisvoll.

»Dies geschieht nicht zum ersten Mal. Die jungen Männer wünschen sich ihre eigene Kriegsgemeinschaft. Dann jedoch werden sie erwachsen und kehren zu der Lebensweise des Volkes zurück.«

»Aber, mein Häuptling, es gab Zusammenstöße mit den Schädelspaltern, und meine jungen Krieger waren erfolgreich.«

»Das ist der schlimme Teil«, stimmte der alte Häuptling zu. »Sie erinnern sich nicht, was mit den vieren am Sycamore Creek passierte.« Viele Felle schüttelte den Kopf. »*Aiee*, eines Tages werden sie auf einen stärkeren Trupp stoßen, und das wird eine harte Lektion für sie sein.«

Zum Schluß war der alte Häuptling ebenfalls der Meinung, daß wenig getan werden konnte. Die Blutigen sollten soweit wie möglich ignoriert werden, es sei denn, sie verstießen gegen Gesetze des Rats. Die beiden Männer beschlossen, daß Der-ohne-Kopf beim Großen Rat die jungen Dissidenten nicht erwähnen sollte. Er würde von den Taten seiner Gruppe berichten, jedoch die Rolle der Blutigen und ihre Geplänkel herunterspielen.

Der-ohne-Kopf beschrieb auch die List, die angewandt worden war, um die Gruppe zu beschäftigen und in Bewegung zu halten. Der Oberhäuptling lachte über die Rolle der Frauen bei dem listigen Plan. *Aiee*, dachte er, wenn jemand mit diesem Problem fertig werden kann, dann diese Hirschhund-Gruppe!

Als Der-ohne-Kopf das Tipi des alten Häuptlings verließ, fühlte er sich etwas besser. Gewiß, die Lage war unverändert, aber jetzt teilte jemand mit ihm die Verantwortung, und zwar jemand mit Autorität. Es half unermeßlich, das Gefühl zu haben, daß der Oberhäuptling die Lage verstand.

Der-ohne-Kopf nickte dankend dem jungen Mann zu, der ihm die Stute brachte und die Zügel reichte, und saß auf. Er ritt am Platz des Sonnentanzes entlang zum Lager der Hirschhund-Gruppe. Stangen für die Tipis ragten empor, und der Häuptling hörte, daß sich Frauen etwas zuriefen, während sie ihre Tipis errichteten. Die Kinder liefen aufgeregt durch das Lager, und kläffende Hunde begleiteten sie. Der-ohne-Kopf bahnte sich einen Weg zwischen den Tipis, die in unterschiedlichen Phasen des Aufbaus waren, und entdeckte seine Familie.

Kojote und Langer Hirsch hatten geholfen, die Stangen

einzusetzen und festzubinden, und sie brachten soeben die Häute am Tipi an. Die Große stand abseits, denn als Hochschwangere konnte sie nicht die schweren Häute heben. Der-ohne-Kopf schwang sich von der Stute und half. Die-mit-den-großen-Füßen und er hoben mit einem Pfahl als Hebel die Tipiwand an, die aus fast dreißig Häuten zusammengesetzt war, und hielten sie an Ort und Stelle. Die Frauen gingen im Kreis um das Gerüst, zogen die Häute zurecht und glätteten sie.

Unterdessen kümmerten sich die Männer um das etwas kleinere Tipigerüst nebenan für Kojotes Familie. Als die Frauen die Front des größeren Tipis befestigt und die Rauchabzugsklappe angebracht hatten, waren die Männer mit den Häuten für das kleinere Tipi fertig.

Während sie sich abmühten, sie anzuheben, kam eine junge Frau vorbei und lächelte Langer Hirsch an. Der junge Mann wurde verlegen und verwirrt und ließ fast den Hebepfahl fallen.

»*Aiee*«, neckte Der-ohne-Kopf seinen Schwager, »wir werden bald ein neues Tipi für Langer Hirsch errichten!«

Die Frauen gesellten sich zu ihnen und vollendeten das Anbringen der Häute. Bald darauf brannten Kochfeuer, und Kojotes Kinder brachten Holz und Büffelmist als Brennmaterial.

Die Männer ließen sich nieder, lehnten sich gegen die Rückenstützen aus Weide und rauchten. Das Errichten eines neuen Lagers ist immer eine befriedigende Zeit, dachte Der-ohne-Kopf. Der Platz war sauber und ohne den Geruch, den er später haben würde. Jeder war müde, aber zufrieden und glücklich über das Ende der Reise.

Außerdem hatte diese Zeit andere Vorteile. Es war das erste Mal seit vielen Sonnen, daß die Stammesgruppe die großen Fell-Tipis errichtet hatte. Unterwegs hatten die vorübergehenden Lager nur aus primitiven Unterkünften aus Gestrüpp bestanden, oder sie hatten im Freien kampiert; es war viel zu kompliziert und mühsam, die Tipis für nur eine Nacht oder zwei Nächte zu errichten. Der-ohne-Kopf fand es wie eine Heimkehr, jetzt in dem dauerhaften Lager zu sein.

Der andere angenehme Aspekt in diesem Lager stellte natürlich all die Aufregung des Sonnentanzes dar.

Sonnenjunge trug seine Fackel langsam zum westlichen Rand der Welt, und Der-ohne-Kopf begann sich zu entspannen. Die Große brachte Fleisch und setzte sich zu ihm zum Essen. Ihr Sohn Adler war müde von all der Aufregung des Tages. Er spielte schläfrig vor dem neuen Tipi und nahm Fleischbissen von seinen Eltern an, die sie ihm beim Essen gaben. Schließlich erhob sich Die Große und brachte den Jungen zu seinem Schlaflager aus Fellen. Dann kehrte sie zu ihrem Mann zurück, der Pfeife rauchte, und lehnte sich gegen seine Knie.

»Du hast mit Häuptling Viele Felle gesprochen?«

Er nickte. »Es war nicht viel zu sagen. Viele Felle versteht die Sache gut.«

»Was wird er tun?«

»Nichts. Er kann nichts tun, es sei denn, die Blutigen verstoßen gegen die Regeln des Rats oder die Gesetze des Volks.«

Die Große nickte. Die gleiche alte Geschichte.

»Ich werde sehr wenig von diesem Thema beim Großen Rat sagen«, fuhr ihr Mann fort. »Das wird die Blutigen am meisten treffen.«

»Das ist gut. Sie nehmen sich jetzt viel zu ernst.«

Die Schatten waren länger geworden, und es wurde kühler auf der Prärie. Die Große schmiegte sich enger an ihren Mann, um sich zu wärmen. Schließlich erhob sie sich, um ins Tipi zu gehen und die Wärme und Weichheit ihrer Schlaffelle zu genießen. Der-ohne-Kopf folgte. Morgen konnte man weitersehen. Jetzt war er daheim und sicher in den Armen seiner Frau.

Am nächsten Tag traf die Berg-Gruppe ein, geführt von

Schwarzer Biber. Wieder fand ein Scheinangriff mit viel Geschrei statt, und die Blutigen schlossen sich in voller Stärke den Neuankömmlingen an, die Gesichter wieder rituell bemalt. Der-ohne-Kopf war abermals besorgt. Das Volk akzeptierte diese Gruppe Emporkömmlinge viel zu bereitwillig.

Die Feier wurde allmählich ruhiger, bis sich drei Tage später das Spektakel wiederholte, als Weißer Bär mit seiner Gruppe Roter Felsen von Südwesten eintraf. Nachdem sie vor zwei Jahren mit der südwestlichen Gruppe zusammen überwintert hatten, waren viele Ehen untereinander entstanden, und es gab viele freudige Familientreffen und freundschaftliche Begrüßungen.

Der-ohne-Kopf wußte, daß sich unterdessen der Klatsch und die Gerüchte des Lagers verbreiten würden wie ein Präriefeuer. Bis zum Großen Rat würde jeder die Geschichte der Blut-Gemeinschaft gehört haben.

Ein paar Tage später traf die letzte der Gruppen ein, die östliche Gruppe unter Häuptling Kleine Ohren. Die östliche Gruppe hatte seit vielen Jahren den Ruf, eine von der herrschenden Meinung unabhängige Einstellung zu bewahren. Das Gebiet, das sie ausgewählt hatte, unterschied sich von dem der anderen Gruppen. Sie verbrachten mehr Zeit in den bewaldeten Gegenden längs der großen Flüsse und führten ein etwas anderes Leben. Ihr Häuptling Kleine Ohren neigte dazu, sich in den Unterschieden zu sonnen und sie als einzigartige Vorteile seiner Gruppe zu preisen.

Der Rest des Volkes betrachtete die östliche Stammesgruppe mit gutmütiger Belustigung. Der-ohne-Kopf hatte erfahren, daß über den Ruf dieser Gruppe und ihre Wunderlichkeit Scherze gemacht wurden.

Einer der Hirschhund-Krieger war einst von einer Jagd zu Fuß und ohne Wild zurückgekehrt, wie Der-ohne-Kopf sich erinnerte. Beim Sturz, bei dem er sein Pferd verloren hatte, war sein Bogen gebrochen. Die anderen Männer hatten gelacht und ihn wegen seiner Unfähigkeit aufgezogen.

»*Aiee*«, hatte die Frau des Krieger gerufen. »Was soll ich mit ihm machen? Seine Großmutter war von der östlichen Gruppe.«

Allgemeines Gelächter war gefolgt.

Jetzt waren sie aus dem Osten eingetroffen, und die Medizinmänner begannen mit ihren täglichen Runden durch das Lager und kündigten mit Gesängen den Sonnentanz an, der in vier Sonnen beginnen würde. Der Sonnentanz selbst würde sieben Tage dauern, eine Feier ohne Pause. Wenn Tänzer müde wurden, nahmen andere ihren Platz ein, und wenn sie gegessen und sich ausgeruht hatten, kehrten sie zurück.

Das Hauptthema war die Rückkehr der Sonne, des Grases und des Büffels nach einem langen Winter. Es würden Lieder des Dankes, des Patriotismus und der Hoffnung auf gute Gesundheit gesungen werden, auch Leute mit Krankheiten würden tanzen, Opfer bringen und um Gesundheit flehen.

Nach der Ankündigung des Sonnentanzes begannen die Vorbereitungen. Die Familie des Häuptlings Viele Felle hatte einen gewaltigen Büffelbullen getötet. Die Haut und der unversehrte Kopf wurden sorgfältig am westlichen Ende der Tanzfläche auf einem Gestell aus Reisig arrangiert. Die so geschaffene Nachbildung eines Büffels würde in den kommenden Tagen der Brennpunkt der Festlichkeiten sein.

Aber vor der ersten Zeremonie des Sonnentanzes, vor jeder der wichtigen Aktivitäten der Feier war ein anderer Schritt nötig. Der erste Tag der Ankündigung, begonnen nach der Ankunft der östlichen Stammesgruppe, war ebenfalls das Signal für die offizielle Versammlung des Stammes am ersten Abend. Als Sonnenjunge seine Fackel zum Rand der Erde trug, begann sich das Volk für den Großen Rat zu versammeln.

9. Kapitel

Der große Rat wurde nicht im Rahmen des Sonnentanzes abgehalten, sondern nebenher. Als die Schatten lang waren, wurde ein Feuer angezündet und Brennholz daneben gestapelt, das immer wieder nachgelegt wurde.

Das Feuer wurde nicht wegen der Wärme gebraucht. Der Abend war heiß und windstill, und die Brise der Prärie hatte noch nicht die übliche Abkühlung bei den länger werdenden Schatten des Abends gebracht. Ein Feuer war wichtig für den Rat. Das Mystische des zeremoniellen Feuers war ein Teil des Rituals. So etwas Wichtiges wie der Große Rat konnte nicht ohne den feierlichen Effekt des Ratsfeuers abgehalten werden.

Einige Leute trafen früh ein, um sich einen guten Platz im Kreis zu sichern. Jede Gruppe war auf den traditionell festgelegten Abschnitt des Kreises beschränkt. Die nördliche Stammesgruppe besetzte den Abschnitt im Norden, und die anderen gruppierten sich entsprechend dazu, genau wie bei ihren Lagern. Über diese Einteilung gab es nie eine Diskussion, sie wurde einfach eingehalten. Es war immer so gewesen.

Die Häuptlinge jeder Stammesgruppe saßen am nächsten beim rituellen Feuer. Direkt dahinter hockten die Unterhäuptlinge und die verdientesten Krieger jeder Gruppe. Gelegentlich sah man eine Frau in der zweiten Reihe, und es war nicht ungewöhnlich, daß Frauen vor dem Rat sprachen. Der-ohne-Kopf hatte sich sehr darüber gewundert, als er diese Lebensweise des Volkes seiner Frau kennengelernt hatte. In seinem Heimatland war es nie so gewesen.

Weiter vom Feuer entfernt saßen die jüngeren Krieger, und diejenigen ohne den Status des Kriegers oder mit weniger Einfluß beim Rat verteilten sich am Rand des Kreises. Und außerhalb des Kreises liefen Kinder herum oder spielten zwischen den Tipis. Gelegentlich mußte irgendein Erwachsener aufstehen und die Kinder zur Stille ermahnen, damit der Große Rat nicht gestört wurde.

Die Häuptlinge würden als letzte eintreffen, aber geringere Krieger versammelten sich jetzt schon. Als sich der Kreis zu füllen begann, sah Kojote, daß die Reihen hinter dem Platz des Häuptlings der Hirschhund-Gruppe dünn besetzt waren. Er ließ seinen Blick bestürzt über die Menge schweifen und stellte schnell fest, daß die Fehlenden die Anhänger des jungen Dachs waren.

Kojotes Sorge wuchs. Was konnten die Blutigen planen? Er zog sich von dem Kreis zurück und eilte zum Tipi seines Häuptlings. Die Große war soeben mit dem Flechten der Zöpfe ihres Mannes fertig geworden.

»Komm herein, Vater«, rief sie und blickte auf. »Wir sind fast fertig.« Sie nahm das funkelnde spanische Gebiß des Pferdezaums und hängte es mit dem Lederriemen ihrem Mann ehrerbietig um den Hals. Ursprünglich war das glänzende Objekt im Maul der grauen Stute des jungen Häuptlings benutzt worden. Die graue Stute war der erste Hirschhund, den das Volk jemals gesehen hatte. Jetzt wurde das Gebiß als ein äußerst starker Talisman anerkannt, als die Hirschhund-Medizin von Der-ohne-Kopf. Es wurde als ein symbolisches Amulett von dem jungen Häuptling und nur bei besonderen Anlässen getragen. Kojote verharrte still und schaute auf die silbernen Ziselierungen, die den Feuerschein reflektierten. Obwohl er selbst eine Hauptrolle bei den Ereignissen im Zusammenhang mit dieser stärksten Medizin gehabt hatte, war er immer noch von Ehrfurcht ergriffen. Die Hirschhund-Medizin war sogar weitaus mächtiger, als er zuerst gedacht hatte. Die starke Wirkung auf den ganzen Stamm hatte zu einer großen Veränderung der Lebensweise des Volkes geführt. Eine vielleicht größere Wirkung als jede andere Medizin, seit Erster Mann und Erste Frau durch den hohlen Baumstamm aus der Erde gekrochen waren.

Kojote wurde aus seinen Gedanken gerissen, als ihm klar wurde, daß sein Schwiegersohn etwas gesagt hatte.

»Ich fragte, Onkel, ob der Rat bald beginnt«, wiederholte Der-ohne-Kopf.

Die Große hatte ihrem Mann gesagt, daß es wichtig wäre, zur richtigen Zeit einzutreffen. Nicht zu früh, nicht vor den Häuptlingen der anderen Stammesgruppen, aber ungefähr zum gleichen Zeitpunkt. Und vor allem sollte er vor dem Oberhäuptling dort sein. Wenn er später eintraf, zeigte er keinen angemessenen Respekt.

Das Problem wurde einfach gelöst, indem er seine Vorbereitungen beendete und dann in der Nähe des Tipis wartete, bis die Häuptlinge der anderen Gruppen sich dem Feuer näherten.

Kojote hielt den Hautstreifen am Zugang des Tipis zur Seite, und Der-ohne-Kopf trat hinaus. Er verharrte draußen, damit sich seine Augen an die Dunkelheit gewöhnten. Die Große trat neben ihn und hielt stolz seinen Arm.

Kojote räusperte sich nervös. »Da stimmt etwas nicht«, sagte er leise. »Die Blutigen sind nicht zum Rat gekommen.«

»Wo sind sie?« Der junge Häuptling war alarmiert. Seine Frau umfaßte seinen Arm ein wenig fester.

»Ich weiß es nicht. Aber ihre Plätze sind leer.«

Die Große sprach besorgt: »Gewiß werden sie nicht die Hirschhund-Gruppe entehren, indem sie dem Großen Rat fernbleiben!«

Langer Hirsch trat aus den Schatten hervor und winkte ungeduldig. Es war an der Zeit, zum Rat zu gehen. Die kleine Gruppe machte sich nervös auf den Weg. Der Medizinmann gesellte sich dazu. Der-ohne-Kopf sprach mit ihm.

»Die Blutigen sind nicht zum Rat gekommen, Onkel.«

»*Aiee*, das wird zu nichts Gutem führen.« Weißer Büffel hob bestürzt die Hände.

Sie sahen, daß sich Schwarzer Biber von der Berg-

Gruppe einen Weg zwischen den sitzenden Kriegern bahnte. Der-ohne-Kopf schritt schneller aus und erreichte seinen Platz, als Weißer Bär von der Gruppe Roter Felsen in den Kreis des Feuerscheins trat. Die Häuptlinge nickten sich grüßend zu, und Der-ohne-Kopf setzte sich auf das Fell, das für ihn ausgebreitet worden war. Links und rechts neben ihm und ein wenig nach hinten versetzt nahmen Kojote und Weißer Büffel Platz. Die Große setzte sich bescheiden hinter ihren Mann, nahe genug, daß ihre Anwesenheit tröstlich für ihn war. Es war schmerzlich für ihn, daß die Reihen der Krieger der Hirschhund-Gruppe so dünn besetzt waren.

Der-ohne-Kopf lauschte und versuchte etwas von den leisen Unterhaltungen ringsum aufzuschnappen. Er war überzeugt, daß jeder über die Hirschhund-Gruppe und die Abwesenheit ihrer Krieger sprach. Die verdammten jungen Idioten, dachte er. Wie können sie Schande über ihre Gruppe und ihre Familien bringen? Der ganze Stamm würde ihren Mangel an Achtung vor ihrem Häuptling und seinem Rat sehen.

Der-ohne-Kopf bemühte sich, seinen Zorn zu verbergen und ruhig und gelassen zu wirken. Ein Raunen setzte hinter ihm ein, und Leute wandten den Kopf. Schließlich blickte auch er über die Schulter, um die Ursache der Aufregung zu ergründen.

Die Blutigen trafen ein. An der Spitze schritt Dachs, groß und stolz und voll bewaffnet. Er trug seinen rituellen Kopfschmuck, als besuche er einen Tanz der Krieger und nicht den Rat. Hinter ihm gingen seine Anhänger. Alle waren wie ihr Führer gekleidet, für einen Tanz der Krieger, und jeder trug den breiten blutroten Streifen auf der Stirn.

Die jungen Männer marschierten wichtigtuerisch durch die erstaunte Menge und setzten sich.

Gerade noch rechtzeitig. Zwischen den Tipis an der Nordseite des Kreises trat stolz der alte Häuptling Viele Felle mit seinen Unterhäuptlingen hervor. Der-ohne-Kopf atmete erleichtert auf. Die Blutigen hatten wenigstens nicht den unverzeihlichen Fehler begangen, nach dem Oberhäuptling einzutreffen.

Viele Felle schritt in den Kreis und nahm Platz. Dann gab er seinem Pfeifenträger ein Zeichen. Die verzierte rituelle Pfeife des Volkes wurde aus dem Etui genommen, gestopft und dem Oberhäuptling gereicht. Der Pfeifenträger brachte einen halb brennenden Ast vom Feuer, und der alte Häuptling zündete die Pfeife an. Viele Felle verbarg gut seine Besorgnis. *Aiee,* er hatte aus der Dunkelheit heraus beobachtet und sich gefragt, ob diese jungen Heißsporne überhaupt auftauchen würden. Zum Glück hatte er seinen Auftritt aufschieben und der Hirschhund-Gruppe ermöglichen können, das Gesicht zu bewahren.

Dennoch fragte er sich mit großer Besorgnis, was im Gange war. Warum waren die jungen Männer wie für einen rituellen Tanz gekleidet und trugen die verdammte rote Farbe auf der Stirn?

Äußerlich wirkte der Oberhäuptling ruhig, während er Rauch in die vier Richtungen, zur Erde und zum Himmel blies und dann die Pfeife an Schwarzer Biber weiterreichte. Dieser Häuptling wiederholte das Ritual, und die Pfeife machte die Runde. Nachdem jeder die Zeremonie durchgeführt hatte, erhielt Viele Felle die Pfeife zurück. Er schlug den Tabakrest aus dem Pfeifenkopf und gab die Pfeife seinem Pfeifenträger. Dann räusperte er sich und eröffnete den Großen Rat.

»Hört mich an, meine Häuptlinge! Das Volk hat sich zum Sonnentanz versammelt. Jeder Häuptling spreche für seine Gruppe.«

Schwarzer Biber erhob sich langsam.

»Ich bin Schwarzer Biber, Häuptling der Berg-Gruppe des Volkes. Wir haben gut überwintert, und die Jagd war gut. Wir haben keinen Feind gesehen.«

Der Bericht des Häuptlings der Berg-Gruppe ist stets kurz und sachlich, dachte Der-ohne-Kopf.

Weißer Bär stand auf, hielt die übliche kurze Ansprache und fügte hinzu, daß sie eine reisende Gruppe von Schädelspaltern gesehen hatten.

»Sie hatten ihre Familien dabei wie wir«, fuhr er fort, »und so gab es keinen Kampf.«

Das erregte wenig Aufmerksamkeit. Solche Begegnungen waren alltäglich. Als nächstes war die Hirschhund-Gruppe an der Reihe. Der-ohne-Kopf erhob sich.

»Ich bin Der-ohne-Kopf von der Hirschhund-Gruppe«, begann er. »Wir überwinterten gut, aber das Wild war rar in der Zeit des Grünens.« Er hörte hinter sich Murren und sagte sich, daß der Plan vielleicht durchschaubarer war, als er gedacht hatte.

»Einige unserer Krieger hatten Geplänkel mit den Schädelspaltern. Wir verloren einen jungen Mann.«

Der-ohne-Kopf nahm wieder Platz. Ich will verdammt sein, dachte er bei dem anschwellenden Murren hinter sich, wenn ich euch die Befriedigung gebe, von eurem Töten zu erzählen. Die Unruhe hinter ihm hielt an, und Leute wandten den Kopf, um nach der Ursache zu sehen. Der-ohne-Kopf blickte sich ebenfalls um. Dachs stand auf.

»Mein Häuptling!« rief er laut. »Das ist nicht alles! Wir haben mit dem Feind gekämpft. Wir haben...«

»Ruhe!« Nur wenige Anwesende hatten je gehört, daß Viele Felle die Stimme im Rat so laut erhob. »Setz dich! Wenn du ein Häuptling bist, darfst du im Rat sprechen. Bis dahin wirst du schweigen!«

Die strenge Miene und der harte Blick des Oberhäuptlings zeigten Wirkung. Durch reine Willenskraft hielt er die Situation unter Kontrolle, und Dachs verließ der Mut. Er wurde verwirrt und sank demütig auf seinen Platz zurück.

Der-ohne-Kopf fand die Sache peinlich, aber es freute ihn, wie souverän der Oberhäuptling sie gemeistert hatte. Seine Achtung vor dem alten Häuptling wuchs weiterhin.

Die Miene des Oberhäuptling nahm nun wieder einen

normalen Ausdruck an. Er wirkte jetzt streng, aber tolerant und gütig. Erwartungsvoll wandte er sich der östlichen Gruppe zu. Deren Häuptling erhob sich schnell.

»Ja, mein Häuptling. Ich bin Kleine Ohren von der östlichen Gruppe.«

Kleine Ohren hielt seine Ansprache, aber es gab nichts Aufregendes mehr zu hören. Die Blutigen verhielten sich still, gezüchtigt von der Strenge des Oberhäuptlings. Viele Felle schloß dann die Sitzung, und das Volk zerstreute sich zu den Tipis.

10. Kapitel

Die Blutigen waren verärgert über ihre Behandlung im Großen Rat. Das Volk ignorierte sie weiterhin, und die jungen Aufsässigen reagierten darauf, indem sie sich rebellischer, lauter und frecher aufführten.

Am ersten Tag des Tanzes erschien Dachs beim Sonnentanz-Tipi in Begleitung seiner Anhänger mit der symbolischen roten Farbe auf der Stirn. Einen Augenblick lang hatte es den Anschein, der Aufseher würde ihnen den Eintritt verwehren. Die Teilnahme am Sonnentanz war jedoch eine sehr private und persönliche Sache. Jeder nahm teil, wie es ihm sein Gewissen diktierte. Einige tanzten sogar rückwärts oder trugen merkwürdige Schmuckstücke, vielleicht um ein geheimes Gelübde zu erfüllen.

Schließlich sagte sich der Posten, daß nichts so ungewöhnlich an der Bemalung der Blutigen war. Sie durften eintreten und am Tanz teilnehmen.

Im Laufe des Tages wurde Dachs jedoch gereizter. Offenbar konnte er in seinem militanten Widerstand gegen die Autorität des Stammes fast alles ertragen, außer der gutmütigen Toleranz. So war es immer die Art und Weise des Volkes gewesen. Wenn jemand der Gruppe nicht schadete, konnte er tun, was ihm beliebte.

Während des gesamten Sonnentanzes wirkten die Blutigen ärgerlich und frustriert, weil sie keinerlei Reaktion beim Volk feststellen konnten. Sie stolzierten wichtigtuerisch durch das Lager, waren laut und anmaßend und versuchten, einen Zwischenfall zu provozieren, doch sie wurden völlig ignoriert.

Vielleicht war das der Grund, weshalb Dachs am Morgen nach der letzten Nacht des Tanzes unbedingt Ärger machen wollte. Er ging gereizt zum Tipi des Medizinmanns.

»Onkel!« rief er. Es war keine Spur von Respekt in seinem Tonfall. »Wir wollen eine Weissagung für die Jagd haben.«

Weißer Büffel war müde. Die Strapazen des Sonnentanzes waren erschöpfend, sogar für jüngere Männer. Schläfrig rollte er sich aus seinen Fellen, als Dachs von neuem rief und auf die Haut des Tipis schlug. Der Medizinmann hielt den Leiderstreifen am Zugang auf, und Dachs trat gebückt ein.

»Wir wollen den Büffel jagen«, sagte er. »Gib uns eine Vision!«

Es war keine Bitte, sondern ein Befehl.

»Mein Sohn, der Stamm wird weiterziehen. Heute ist keine Zeit für die Jagd.«

Dachs starrte den alten Mann hart und unnachgiebig an. Sein Blick hatte fast etwas Grausames. Zum ersten Mal in vielen Jahren hatte Weißer Büffel Angst. Und vor einem meiner eigenen Gruppe, dachte er traurig.

Widerstrebend wandte er sich um und bereitete den Tanz vor. Krähenfrau stellte die Trommel bereit, und der Medizinmann legte sein Büffelfell an. Für diese Zeremonie wurde nicht das heilige weiße Fell, sondern ein normales benutzt. Zum rhythmischen Trommeln begann der

Medizinmann seinen schlurfenden und stampfenden Tanz. Er stampfte auf den Boden wie ein Büffelbulle und schwang Kopf und Schultern in einer Imitation der Bewegungen der großen Tiere.

Weißer Büffel erwärmte sich gerade für den Tanz, als ihn sein Besucher grob unterbrach.

»Genug, alter Mann!« rief Dachs. »Wirf die Steine!«

Krähenfrau wunderte sich über die Unverschämtheit des Jungen. Sie hörte mit dem Trommeln auf und starrte ihn offenen Mundes an. Keiner hatte es jemals gewagt, einen rituellen Tanz zu unterbrechen. Der Medizinmann richtete sich langsam auf und starrte Dachs hart an.

»Dies wird zu nichts Gutem führen.«

»Wirf die Steine!« Es war jetzt ein Befehl, und der alte Mann gehorchte und verstand nicht ganz, warum.

Der Medizinmann wandte sich um, entrollte eine zusammengerollte Haut und breitete sie aus. Die glatte, bemalte Oberfläche hatte geometrische Muster, die im schwachen Licht im Tipi matt glänzten. Er nahm einen Beutel, der mit Stacheln des Stachelschweins geschmückt war, und schüttete den Inhalt auf seine Handfläche.

Mit einer theatralischen Geste warf er die Handvoll kleiner Objekte auf die ausgebreitete Haut. Sie rollten und hüpften und blieben schließlich liegen. Weißer Büffel hockte sich hin, um den Wurf zu deuten. Bemalte Pflaumensteine, kleine Knochenstücke, Holzstückchen und bunte Kieselsteine bildeten ein Muster auf der Haut. Der Medizinmann musterte die Objekte, murmelte vor sich hin und stieß von Zeit zu Zeit mit knorrigem Zeigefinger einen Stein an. Schließlich blickte er zu dem wartenden jungen Krieger auf.

»Mein Sohn, es ist nicht gut. Ich verstehe den Wurf nicht ganz, aber ich sehe Gefahr und Tod!«

»Du lügst, alter Mann, wirf noch einmal!«

Weißer Büffel schüttelte den Kopf.

»Ich kann nur einen Wurf machen. Dann ist die Medizin

fort.« Plötzlich kam ihm eine Idee. »Aber ich kann die schwarzen Steine werfen.«

Die schwarzen Steine wurden selten benutzt. Sie waren für besondere Zwecke reserviert. Es waren fünf Steine, die von allen Medizinmännern des Volkes an den Nachfolger weitergegeben worden waren. Keiner außer dem Medizinmann selbst hatte jemals die schwarzen Steine näher untersuchen dürfen, und das aus gutem Grund.

Der Wurf der schwarzen Steine war völlig berechenbar. Fünf Pflaumensteine waren auf einer Seite schwarz angestrichen, auf ähnliche Weise wie die halbroten Spielsteine, die allgemein benutzt wurden. Abgesehen von der Farbe gab es aber einen feinen Unterschied. Die Pflaumensteine waren vor langer Zeit ausgewählt und von einem geschickten und erfahrenen Medizinmann bemalt worden. Weißer Büffel hatte sie einst genau untersucht und ihr Geheimnis herausgefunden.

Die ausgewählten Pflaumensteine waren auf einer Seite leicht abgeflacht, was man bei flüchtiger Beobachtung im schwachen Licht des Tipis nicht sehen konnte. Der Beobachter würde auf die Farbe achten, nicht auf die Form. Würden mehr Steine die schwarz bemalte Seite oder die natürliche gelbliche Seite nach dem Wurf zeigen? Der Medizinmann wußte bereits, daß die schwarzen Seiten vorherrschen würden. Er konnte die schwarzen Steine nutzen, um jeden Rat oder jede Vision zu untermauern, wie er es wünschte. Sie wurden selten benutzt, aber Weißer Büffel fand, daß dies der richtige Zeitpunkt war.

Er sammelte die Objekte auf der Medizin-Haut ein und verstaute sie in dem Beutel. Krähenfrau strich die Haut für das kommende Ritual glatt. Weißer Büffel wandte sich um, kramte in seiner Ausrüstung und holte einen kleinen Beutel hervor, der mit Stacheln vom Stachelschwein geschmückt und mit Farbe bemalt war. Der Medizinmann ging ehrfurchtsvoll und behutsam vor. Er mußte vorsichtig sein, denn Dachs war gerissen und aufmerksam.

Mit langsamen und symbolischen Bewegungen öffnete er den kleinen Beutel und schüttelte die fünf Pflaumensteine. Er nahm einen Würfelbecher, der aus der Spitze eines Büffelhorns gefertigt worden war, und legte die Steine behutsam hinein. Das polierte Horn glänzte schwarz, als er es hochhob und die rituellen Sätze sang. Dann schwang er mit einer theatralischen Geste den Arm hinab und warf die Steine auf die Haut.

Dachs schaute fasziniert zu, als die schwarzen Steine kollerten und hüpften und schließlich zur Ruhe kamen. Vier der fünf Steine zeigten die schwarze Seite, der andere Stein die gelbliche Naturfarbe.

»*Aiee*, es ist schlecht, wie ich gesagt habe«, psalmodierte der Medizinmann erfreut.

»Es ist ein Trick!« Dachs schrie fast. Er neigte sich schnell vor und schnappte sich die verstreuten Steine.

Weißer Büffel wurde völlig überrascht. Er war wie betäubt. Der junge Mann schüttelte die schwarzen Steine zwischen seinen Handflächen. Wie hatte er das Geheimnis so schnell herausgefunden?

Dachs warf die Steine wieder auf die Haut und beobachtete fasziniert, wie sie hüpften, rollten und liegenblieben. Er starrte auf das Ergebnis. Diesmal zeigten alle fünf Steine die schwarze Seite. Das Gesicht des jungen Mannes spiegelte Zorn wider. In diesem Augenblick erkannte Weißer Büffel die Wahrheit. Dachs hatte das Geheimnis nicht herausgefunden. Er war nur wütend, weil sich die Medizin der Steine gegen ihn richtete.

Der unverschämte junge Mann fegte die Steine von der Medizin-Haut. Sie hüpften und flogen durch das Tipi, und ein Stein fiel fast ins Feuer. In diesem Augenblick der Stille schlug ein Stein mit einem dumpfen Laut gegen die Tipiwand neben Krähenfrau. Sie hob den Stein geistesabwesend auf und starrte darauf.

»Es ist irgendein Trick! Wir reiten trotzdem!« Dachs sprang auf die Füße und schritt aus dem Tipi.

11. Kapitel

Krähenfrau und Weißer Büffel schauten sich einen Augenblick lang benommen und schweigend an. Dann ging die alte Frau durch das Tipi, schnalzte mißbilligend mit der Zunge und sammelte die schwarzen Steine auf. Den letzten Stein fand sie schließlich in der Asche beim Feuer.

Weißer Büffel untersuchte die Steine kurz und verstaute sie mit dem Hornbecher im Beutel. Der Medizinmann war beunruhigt. Die Blut-Gemeinschaft wollte offenbar ohne seine Billigung zur Jagd reiten. Es war eine sehr unangenehme Situation. Die Hirschhund-Gruppe sollte sich auf die Abreise vorbereiten. Statt dessen mußte sie entweder auf die Rückkehr der Blutigen warten oder ohne sie weiterziehen. Beides war schlecht. Wieder einmal hatten die Jungen ihre Gruppe in Verlegenheit gebracht.

Weißer Büffel eilte zum Tipi des Häuptlings, um ihn über die Entwicklung zu informieren. Der-ohne-Kopf stand vor seinem Tipi und beobachtete die Aktivitäten. Dachs ritt zwischen den Tipis herum, rief seine Anhänger und kündigte die Jagd an.

»Ich prophezeite ihm Schlechtes«, sagte der Medizinmann. »Sie reiten trotzdem.«

Kojote gesellte sich zu ihnen, und die drei beobachteten die zunehmende Aufregung der jungen Männer, als der Trupp der berittenen Jäger anwuchs.

»Werden wir morgen auch aufbrechen, wenn sie nicht zurück sind?« fragte Kojote.

Der-ohne-Kopf gab keine Antwort. Er stellte sich die Frage selbst. Seine Besorgnis wuchs, während er beobachtete, wie die Blutigen sich versammelten und herumschrien. Dies sah nicht nach dem Aufbruch zu einem Jagdausflug aus. Sie sollten ruhig und nüchtern sein, statt dessen putschten sie sich gegenseitig in wilde Aufregung hinein. Es gab anscheinend keinen Zweifel. Dies war kein Jagdtrupp, sondern ein Kriegstrupp!

Ihre Zahl nahm zu, und selbst aus der Ferne konnten die drei Männer sehen, daß sich junge Männer von anderen Stammesgruppen den Blutigen anschlossen. *Aiee*, anscheinend waren jetzt mehr berittene Krieger beisammen, als man Finger und Zehen hat.

Ein Mann bahnte sich zu Fuß einen Weg zwischen den Tipis und näherte sich den Reitern. Sieht-weit hatte seinem Sohn verboten, mit den Blutigen zu reiten, und der Junge beharrte auf seinem Recht, mitzureiten. Der Streit war noch nicht entschieden, als Dachs arrogant heranritt und sich einmischte. Sieht-weit wandte sich ärgerlich dem jungen Mann zu, und es gab einen hitzigen Wortwechsel.

Der-ohne-Kopf erkannte die Gefahr und rannte los. Die Gegner waren über hundert Schritte von ihm entfernt, und bevor er die Hälfte der Distanz zurückgelegt hatte, geschah das, was er befürchtet hatte. Sieht-weit stürmte mit einem Wutschrei auf das Pferd des jungen Kriegers zu. Das Pferd scheute, und Dachs schwang eine Keule. Zum Glück traf sein Hieb nicht. Sieht-weit packte die Zügel und riß den Kopf des Tiers herum, als Dachs ein zweites Mal nach ihm schlug.

Der ältere Krieger wich dem Hieb aus, packte das Handgelenk des Angreifers und entriß ihm die Keule. Sieht-weit war kein großer Mann, aber er entwickelte anscheinend gewaltige Kraft, als er Dachs vom Pferd zerrte. Der junge Mann stürzte schwer zu Boden, sprang jedoch sofort auf und kämpfte mit Sieht-weit. Beide fielen hin. Sie rangen miteinander und rollten fast unter die stampfenden Hufe des erschreckten Pferdes.

Der-ohne-Kopf näherte sich, fast atemlos vom Rennen, während sich eine Menschengruppe vorwärtsdrängte, um den Kampf zu sehen. Dem Häuptling war einen Augenblick lang die Sicht auf die Streitenden genommen, und er bahnte sich mit den Ellbogen einen Weg und schob das Pferd zur Seite.

Dachs erhob sich gerade schwer atmend.

»Er hätte mich getötet!« sagte er fast beschwörend.

Der-ohne-Kopf schaute auf die reglose Gestalt, die mit dem Gesicht nach unten im Staub lag. Er kniete sich hin und drehte Sieht-weit behutsam auf den Rücken. Blut sickerte aus einer klaffenden Wunde im Bauch und bildete eine Lache im Staub. Die sonst scharf blickenden Augen, durch die dieser Krieger den Respekt des Stammes erworben hatte, starrten jetzt gebrochen zur Sonne.

Ärgerliches Murren ertönte aus der Menge. Dachs schaute von einem Gesicht zum anderen und suchte verzweifelt Unterstützung, aber er sah nur Feindseligkeit.

»Ich hatte keine Wahl! Er griff mich an!«

»Sieht-weit war unbewaffnet«, stellte eine Frau in ruhigem Tonfall fest, und wütendes Stimmengewirr setzte ein.

Kojote traf keuchend ein, hockte sich neben Der-ohne-Kopf und sprach hastig auf ihn ein.

»Es ist ein Fall für den Großen Rat. Ich habe den Oberhäuptling rufen lassen.«

Alle waren noch wie betäubt vor Erschütterung. Es war das schlimmste aller Verbrechen, daß einer vom Volk einen anderen tötete. Obwohl Gewalt und Tod alltäglich waren, war es strikt verboten, ein Mitglied des Stammes zu töten.

Dachs schaute sich immer noch hilflos um und suchte vergebens Unterstützung, als der Oberhäuptling eintraf, begleitet von zwei Unterhäuptlingen der nördlichen Stammesgruppe. Die Menge teilte sich, um ihnen eine Gasse zu öffnen. Viele Felle erfaßte die Situation mit einem einzigen Blick. Die Frau des toten Kriegers war an seiner Seite und schluchzte leise. Ihr Sohn, der Anlaß zu dem tödlichen Kampf, starrte stumm und erschüttert vor sich hin.

»Du, Junge, hast viel auf dem Kerbholz«, sagte der Oberhäuptling scharf zu ihm. »Du mußt jetzt eine große Hilfe für deine Mutter sein.«

Viele Felle wandte sich an Dachs. Der junge Mann wollte etwas sagen, überlegte es sich dann aber anders und schwieg unter dem vernichtenden Blick des Oberhäuptlings.

»Du wirst in dein Tipi gehen und dort bleiben, bis der Große Rat sich bei Einbruch der Dunkelheit versammelt. Man wird dich abholen.«

Er wandte sich um und sprach ruhiger mit Der-ohne-Kopf.

»Deine Krieger werden ihn zum Rat bringen?«

Der-ohne-Kopf nickte. Er war todunglücklich, weil seine Hirschhund-Gruppe solche Schande über das Volk gebracht hatte, das ihn aufgenommen hatte.

Viele Felle wandte sich um. Die Menge teilte sich wieder vor ihm. Sie begann sich aufzulösen, und kleine Gruppen unterhielten sich lebhaft.

»Der-ohne-Kopf, es ist viel zu tun«, sagte Kojote und riß den Häuptling aus seinen Gedanken.

Weißer Büffel war eingetroffen und versuchte jetzt die notwendigen Schritte zu erläutern. Das Wehklagen des Trauerlieds ertönte von der Familie des Getöteten, während der Medizinmann seinem jungen Häuptling schnell erklärte, was zu tun war.

»Es ist sehr schlechte Medizin, weil dies beim Sonnentanz geschah. Es zerstört vielleicht alle gute Medizin für das ganze Jahr. Wir müssen den toten Mann schnell entfernen, damit die böse Tat nicht den Platz des Sonnentanzes besudelt.«

Der-ohne-Kopf nickte. Die Leiche würde zeremoniell auf einem Gerüst in den Bäumen beigesetzt werden, jedoch fern vom Sonnentanz-Tipi.

Nachdem die sterblichen Überreste in Felle gehüllt und fast einen halben Tag lang flußabwärts getragen worden waren, wurde die Stelle, an der die Tragödie stattgefunden hatte, vom Medizinmann in einer Zeremonie gereinigt. Die meisten der Hirschhund-Gruppe begleiteten die Familie des Getöteten bei der Beisetzung. Sieht-weit war ein geachteter Krieger gewesen.

Als die Stanmmesgruppe die erforderlichen Rituale durchgeführt hatte und zum Platz des Sonnentanzes zurückkehrte, verschwand Sonnenjunge mit seiner Fackel unter dem Rand der Erde. Es war an der Zeit, den Großen Rat einzuberufen.

12. Kapitel

»Was wird geschehen?« fragte Der-ohne-Kopf seinen Schwiegervater, als sie sich dem Großen Rat näherten. Der gesamte Stamm, Männer, Frauen und Kinder, waren anwesend. Keiner wollte sich die wichtigen Entscheidungen entgehen lassen, die nach diesem tragischen Ereignis gefällt werden mußten.

»Ich weiß es nicht«, erwiderte Kojote. »So eine Sache ist in meinem Leben noch nicht passiert.«

»Es gab einen solchen Fall, bevor ich geboren wurde«, sagte Weißer Büffel, der an der anderen Seite neben dem Häuptling ging. »Aber ich erinnere mich nicht, was mit dem Mörder gemacht wurde.«

In meiner Heimat würde die Strafe Gefängnis oder Tod sein, dachte Der-ohne-Kopf. Aber ihm wurde klar, daß diese Situation eine völlig andere war. Es war ihm nie in den Sinn gekommen, sich zu fragen, wie das Volk Verstöße gegen die Stammesgesetze ahndete.

»Er wird vermutlich verbannt werden«, sagte Weißer Büffel.

Sie gelangten zu dem Kreis und nahmen Platz. Gerade noch rechtzeitig, denn der Oberhäuptling und sein Gefolge nahten.

Im Gegensatz zu den entspannten, langsamen Förmlichkeiten vor den Sitzungen des Großen Rats ging es diesmal schnell. Viele Felle beeilte sich mit dem rituellen Rauchen der Pfeife und befahl, den Übeltäter zum Rat zu holen.

Dachs durfte sprechen, und er erklärte von neuem, daß er nur in Notwehr gehandelt hatte, nachdem er angegriffen worden war.

Die Frau, die am nächsten bei dem kurzen Kampf gestanden hatte, legte abermals dar, daß Sieht-weit unbewaffnet gewesen war.

Einer der älteren Krieger bat um Sprecherlaubnis und erhielt sie.

»Meine Häuptlinge«, sagte er und blickte in die Runde. »Dies alles ist bedeutungslos. Das Wichtigste ist nur, daß einer unserer Krieger einen Mann von seinem eigenen Volk getötet hat.« Er setzte sich, ohne die Reaktion abzuwarten.

Einige andere sprachen alle im gleichen Sinne. Das Gesetz war in diesem Punkt absolut. Es gab einfach kein schlimmeres Verbrechen beim Volk. Dachs wirkte immer verzweifelter. Der-ohne-Kopf hatte fast Mitleid mit dem jungen Mann.

»Genug!« beendet Viele Felle schließlich die Diskussion. »Der Rat wird abstimmen. Soll Dachs, der einen von uns getötet hat, verbannt werden?«

Eine Verbannung war praktisch ein Todesurteil. Einem Ausgestoßenen war es bei Todesstrafe verboten, das Lager irgendeiner Gruppe seines früheren Stamms zu betreten. Er war ganz auf sich allein gestellt, ohne Heim, ohne Freunde oder Verwandte. Es war möglich, hatte Kojote seinem Schwiegersohn gesagt, daß Dachs als Verbannter bei den Pflanzern, den Stämmen längs des Flusses, leben konnte. Eine andere Möglichkeit war, daß Dachs sich der Gnade der Schädelspalter auslieferte. Der-ohne-Kopf hielt es für unwahrscheinlich, daß ein stolzer junger Mann wie Dachs eines von beidem tun würde. Er würde es vorziehen, sich allein in der Prärie durchzuschlagen. Der-ohne-Kopf hatte erfahren, daß die junge Frau des Übeltäters die Wahl hatte, ihrem entehrten Mann zu folgen oder in das Tipi ihrer Eltern zurückzukehren.

Viele Felle rief jetzt zur Abstimmung auf.

Der alte Häuptling Schwarzer Biber nickte stumm und stimmte für die Verbannung.

»Rote Felsen?«

Häuptling Weißer Bär nickte ebenfalls stumm.

»Hirschhund-Gruppe?«

»Mein Häuptling, ich enthalte mich der Stimme.«

Der-ohne-Kopf hatte sich zu der Entscheidung durchgerungen. Ihm war klar geworden, daß es eine zu emotionsgeladene Situation für ihn war, um vernunftmäßig zu entscheiden. Der Oberhäuptling nahm die Enthaltung mit einem Nicken zur Kenntnis und setzte die Befragung fort.

»Östliche Gruppe?«

Kleine Ohren neigte ernst den Kopf, und die Abstimmung war praktisch vorüber. Viele Felle sprach für die nördliche Gruppe ebenso wie in seiner Eigenschaft als Oberhäuptling. Er wandte sich an Dachs.

»Du gehörst nicht mehr zum Volk. Das hast du durch deine Tat gezeigt. Jeder des Volkes wird dich fortjagen oder töten, wenn er das will. Wenn Sonnenjunge am Himmel steht, mußt du fort sein!« Dachs stand auf, umgeben vom Volk, zu dem er nicht mehr gehörte. Er wollte etwas sagen, entschied sich jedoch anders und schlurfte vom Feuer fort. Seine junge Frau erhob sich und folgte ihm mit tränenüberströmten Gesicht. Die Menge teilte sich vor ihnen.

Dann geschah etwas Erstaunliches. Als das Paar den Rand des Kreises erreichte, sprang ein junger Mann auf und wandte sich an die Häuptlinge des Rats.

»Ich gehe mit Dachs!«

»Ich auch!« Ein anderer erhob sich.

Binnen Sekunden standen ein paar junge Krieger auf und riefen ähnliches. Dachs blieb stehen, anscheinend überrascht, wandte sich um und blickte zum Kreis. Seine hängenden Schultern strafften sich, und seine Haltung wirkte wieder selbstsicher. Er wollte anscheinend etwas sagen. Viele Felle ließ aber nicht zu, daß ein weiterer Keil in den Stamm getrieben wurde, wenn er Dachs sprechen ließ.

»Der Rat ist beendet«, sagte er und erhob sich.

Die Menge teilte sich in viele kleine Gruppen auf und war in heller Aufregung. Dachs und seine Anhänger hielten sich abseits, und die Gruppe wurde lauter und selbstsicherer, als sich noch mehr junge Männer hinzugesellten.

Der-ohne-Kopf hatte das Gefühl, als wäre ihm eine große Last von den Schultern genommen worden. Alle Probleme und die Unentschlossenheit in den vergangenen Monaten waren in ein paar Stunden beseitigt worden. Etwas Entscheidendes war geschehen, wenn auch unter tragischen Umständen, wenn auch Familien auseinandergerissen wurden und Mütter um ihre sie verlassenden Söhne trauerten. Er beobachtete, wie die Blutigen sich aufgeregt auf den Aufbruch vorbereiteten. Sie machten ein Fest daraus.

»Reite zu Roter Hund und frage ihn«, rief jemand. Ein Reiter galoppierte davon. Weitere Rufe und aufgeregtes Gelächter folgten. Die Dinge gerieten schnell außer Kontrolle.

Der-ohne-Kopf hatte ein übles Gefühl. Was eine Entehrung für Dachs sein sollte, den Anstifter der Rebellion, verwandelte sich anscheinend in einen Triumph für ihn. Die jungen Mäner waren sich nicht über den Ernst ihrer Entscheidung im klaren.

»Es ist wenigstens vorüber«, sagte Der-ohne-Kopf zu Kojote. Kojote atmete tief durch, bevor er antwortete.

»Nein, mein Freund. Es fängt erst an!«

13. Kapitel

Sonnenjunge war kaum über den Rand der Erde geklettert, um seinen täglichen Lauf zu beginnen, als das erste der Tipis abgebrochen wurde. Von den jungen Kriegern, die sich als Mitglieder der Blut-Gemeinschaft betrachteten, besaß vielleicht die Hälfte eigene Tipis. Fast jede Frau dieser Krieger hatte sich entschieden, dem Mann ins Exil zu folgen. Zwei Paare, deren Hochzeit bevorstand, schlossen sich ebenfalls den Blutigen an.

Ein Mädchen, eine Kriegerschwester, würde die Blutigen begleiten und im Tipi ihres Bruders wohnen.

Ein paar Unzufriedene von anderen Stammesgruppen schlossen sich ebenfalls den Blutigen an. Die jungen ledigen Krieger unter den Blutigen würden als Gäste in den Tipis ihrer Freunde wohnen, bis sie ein eigenes Tipi hatten. Eigentlich wurden die Blutigen so zu einer sechsten Stammesgruppe des Volkes. Sie werden jedoch nie zum Volk gehören, dachte Der-ohne-Kopf bedauernd. Sie würden für immer Ausgestoßene bleiben, ein winziger eigener Stamm, der auf sich allein gestellt war. Ihre Überlebenschancen waren äußerst gering. Keiner würde ihnen helfen oder sie gegen Angriffe der Schädelspalter unterstützen. Sie konnten gerade an die zwanzig Krieger aufbieten, und das reichte bestimmt nicht zur Verteidigung.

Das war den trotzigen Blutigen anscheinend gleichgültig. Sie halfen sich systematisch bei den Vorbereitungen für die Reise, und bald führte Dachs sie zu Pferde durch das Lager und hinaus auf die Prärie. Es wäre leichter und logischer gewesen, gleich auf die Prärie zu reiten und einen Bogen um den Lagerplatz zu schlagen. Dachs nutzte statt dessen den Aufbruch zu einer letzten aufreizenden Geste. Staub, von den Pferden aufgewirbelt, trieb zwischen den Tipis und über die Kochfeuer. Ärgerliche Frauen riefen den Reitern, an deren Spitze Dachs auf einem großen schwarzen Hengst ritt, Beschimpfungen nach.

Ein paar junge Blutige am Schluß des Trupps trieben die reiterlosen Tiere der Gruppe durch das Lager und sorgten für noch mehr Durcheinander.

Ein junger Mann zügelte sein Pferd vor dem Häuptling. Der-ohne-Kopf erkannte Roter Hund. Er war ein vielversprechender Schüler in der Kaninchen-Gemeinschaft gewesen und ein guter Reiter geworden. Die Stammesgruppe würde solch einen Krieger sehr vermissen.

»Es tut mir leid, Der-ohne-Kopf. Du warst gut zu mir. Ich habe viel von dir gelernt!«

Der junge Häuptling spürte hier ein wenig Unentschlossenheit. Er wollte etwas sagen, doch er besann sich anders. Was würde es nützen? Er lächelte und nickte und fühlte sich verlegen.

Roter Hund zog seine Stute herum und trabte hinter den anderen her.

Der Staub begann sich zu senken, als der kleine Trupp auf die Prärie hinausritt. Hier und dort ertönte Wehklagen von zurückbleibenden Eltern. Der-ohne-Kopf hatte auch Tränen in den Augen einiger junger Frauen der Blutigen gesehen. Es war eine traurige Trennung. Ein Wiedersehen mit den jungen Leuten, die über den Hügel verschwanden, war unwahrscheinlich. Der-ohne-Kopf wandte sich um und sah Kojote.

»Es ist ein schlimmer Tag«, sagte Kojote.

Die beiden schauten zum Lagerplatz der Hirschhund-Gruppe. Hier und dort waren kreisförmige Narben im Boden, wo die Tipis der Abtrünnigen gestanden hatten. Die Zahl der verbliebenen Tipis wirkte erbärmlich gering. Plötzlich erkannte Der-ohne-Kopf den Grund für Kojotes Niedergeschlagenheit.

Die Hirschhund-Gruppe war um ein Dutzend Tipis und vielleicht doppelt soviele Krieger kleiner geworden. Er war besorgt gewesen, weil sich die Blutigen nicht selbst verteidigen konnten, jetzt aber wurde ihm der Ernst der Lage erst richtig klar. Würde seine Hirschhund-Gruppe in der Lage sein, sich zu verteidigen? Ihre Kampfkraft war soeben um über ein Drittel verringert worden.

Die Tatsache war offenbar von den anderen Stammesgruppen nicht übersehen worden. Kleine Ohren kam und bot großzügig an, daß sich die Hirschhunde seiner östlichen Stammesgruppe anschließen durften. Der-ohne-Kopf lehnte höflich ab. Er sagte sich, daß er bereits genug Probleme mit Dummköpfen gehabt hatte. Er konnte gut auf das zusätzliche Stigma eines Zusammenschlusses mit dem östlichen Stammesteil verzichten, der schon immer eine einfältige Gruppe gewesen war.

Willkommener war die Einladung der Rote-Felsen-Gruppe, eine Jahreszeit zusammen zu kampieren. Diese beiden Gruppen hatten schon einmal im gleichen Lager einen Winter verbracht, in dem Jahr, in dem sein Sohn Adler geboren worden war.

So wurde der Vorschlag der Rote-Felsen-Gruppe ernsthafter in Erwägung gezogen, schließlich jedoch abgelehnt.

Der-ohne-Kopf sprach lange mit Kojote und Weißer Büffel, bevor er die Entscheidung traf. Kojote war zuerst dafür, sich der anderen Gruppe anzuschließen. Die alte Philosophie »Weglaufen und verstecken«, die das Volk vor der Ankunft des Hirschhunds gehabt hatte, war noch stark verwurzelt.

Der alte Medizinmann hingegen war sonderbarerweise dafür, kühn allein weiterzumachen. Durch die Verbannung der Blutigen war ihm eine Last abgenommen worden, und er wirkte um Jahre jünger. Weißer Büffel war jetzt vital und unternehmungslustig. Er wies darauf hin, daß die Rote-Felsen-Gruppe in einem Gebiet mit wenig Wild überwinterte. Es würde schwierig sein, Nahrung für die beiden Gruppen zu bekommen.

Außerdem war es eine Sache des Prestiges. Die Hirschhund-Gruppe, die angesehenste Gruppe des Volkes, konnte nicht zu armen Verwandten einer anderen Gruppe werden.

»Vielleicht im nächsten Jahr«, räumte Weißer Büffel ein, »aber nicht jetzt.«

Schließlich stimmte Kojote zu. Dieses Jahr würden sie allein bleiben.

Der-ohne-Kopf fühlte sich unbehaglich bei seiner Entscheidung, aber er schloß sich der Meinung an. Er dachte an seine Familie. Sein Sohn Adler war in einem anfälligen Alter. Die Große würde bald wieder ein Kind zur Welt bringen. Schließlich gab er zu, daß die Bedrohung, bei der Rote-Felsen-Gruppe Mangel an Nahrung zu leiden, größer war als die Bedrohung durch einen möglichen Angriff der Schädelspalter. Es wurde verbreitet, daß die Hirschhunde am nächsten Tag weiterziehen würden.

Er wollte die Stammesgruppe nach Südosten in das südliche Ende der Tall Grass Hills führen. In dem gewellten, zerklüfteten Gebiet würde es viele Plätze geben, an denen man sich gut verteidigen konnte.

Als die Hirschhund-Gruppe am nächsten Morgen über den Hügel zog, sah Der-ohne-Kopf mit Bestürzung, wie bedauernswert klein die Gruppe wirkte. Eine schnelle Zählung ergab, daß ihnen mehr Tipis fehlten als erwartet.

»*Aiee*, sie sind im Wind zerstreut«, bemerkte Kojote philosophisch.

Der-ohne-Kopf hatte jetzt das schmerzliche Gefühl, daß man ihn abgelehnt hatte. Das Volk konnte sehr leicht seine Loyalität ändern und sich einer anderen Gruppe anschließen. Es brauchte nur einer Gruppe seiner Wahl nach dem Sonnentanz zu folgen.

Es gab schon einige, die jedes Jahr bei derjenigen Gruppen verbrachten, die anscheinend das größte Ansehen hatte. Die Hirschhund-Gruppe war auf diese Weise mit jedem Jahr gewachen, seit Der-ohne-Kopf bei ihr war.

Aber jetzt hatten zusätzlich zu den Blutigen drei weitere Familien die Gruppe verlassen, um sich einer anderen anzuschließen, und die Stärke der Hirschhund-Gruppe wurde erneut gefährlich verringert.

Dann begann er ruhiger zu denken. So treulose Krieger taugen ohnehin nichts im Kampf, sagte er sich bedrückt. Es ist vielleicht besser, wenn ich so unzuverlässige Leute los bin.

Nach diesen Gedanken fühlte er sich etwas besser, aber tief in seinem Herzen glaubte er nicht daran.

14. Kapitel

Der-ohne-Kopf berief am Ende des ersten Tages der Reise einen Rat ein. Alle konnten sehen, daß die Gruppe ernsthaft nicht die notwendige Kampfstärke erreichte, und es war nötig, die Tatsache einzugestehen und danach zu planen.

Dann gab es ein ermunterndes Zeichen, als die Hirschhund-Gruppe an diesem Abend kampierte. Kurz vor Einbruch der Dunkelheit schloß sich noch eine Familie an, die später aufgebrochen war. Der-ohne-Kopf erkannte einen der jungen Krieger von der-Rote Felsen-Gruppe, der bei einem Raubzug gegen die Schädelspalter geholfen hatte. Wie lange war das jetzt her! Das Volk war aufgebrochen, um Pferde zu erbeuten, und Der-ohne-Kopf, noch ein Außenseiter, hatte geholfen, den Überfall zu organisieren.

»Dürfen wir uns anschließen? Wir möchten neues Land sehen.«

Der Häuptling nickte, und die Neuankömmlinge beeilten sich, noch vor Einbruch der Dunkelheit ihr Lager aufzuschlagen.

Der-ohne-Kopf war dankbar. Es war offenkundig, daß dieser junge Krieger die mißliche Lage der Hirschhund-Gruppe erkannt hatte. Jeder Krieger, den er aufbieten konnte, würde vielleicht in den kommenden Monaten gebraucht werden. Selbst eine einzige Lanze oder ein Bogenschütze mehr konnte beim Kampf zum Überleben beitragen.

Dies sollte natürlich das Thema des Rats sein. Das äußere Erscheinungsbild unterwegs war äußerst wichtig. Ein flüchtiger Beobachter durfte nicht sehen, daß die Gruppe kleiner geworden war.

Mit diesem Ziel umriß Der-ohne-Kopf den grundlegenden Plan, den er und Kojote unterwegs besprochen hatten. Sie mußten den Anschein erwecken, so viele Tipis wie möglich zu haben. Jede Familie würde ein, zwei Tipistangen ausleihen. Diese Stangen würden zu Bündeln von zehn oder zwölf zusammengebunden und von einem Ersatzpferd gezogen werden.

Ein Beobachter auf einer fernen Hügelkuppe zählte vielleicht die Pferde, die Tipistangen zogen. So würde er ein paar Tipis mehr zählen, vielleicht vier mehr, als tatsächlich existierten. Wenn man zwei Krieger pro Tipi annahm, würde der Feind die Stärke der Gruppe um acht oder noch mehr Krieger höher schätzen.

Als der Rat über die Sache diskutierte, gab es noch andere Ideen. Ein alter Krieger der Bogenschützen-Gemeinschaft sprach.

»Wenn wir uns verteilen, statt hintereinander zu reiten, hinterlassen wir eine größere Fährte.«

Nicken und zustimmendes Gemurmel. Eine breite Fährte, hinterlassen von vielen Tipistangen, würde jeden, der darauf stieß, auf viele Tipis schließen lassen.

Eine Frau schlug vor, die übliche Art und Weise des Packens zu ändern. Jede Familie konnte das übliche Sortiment von Gepäck auf so viele Tiere wie möglich verteilen. So würde ein Beobachter viele beladene Packtiere sehen und eine starke, wohlhabende und wahrscheinlich gut bewaffnete Gruppe vermuten.

Die Ideen wurden begeistert aufgenommen, und es gab weitere Vorschläge. Jemand wies darauf hin, daß die Kinder von der Kaninchen-Gemeinschaft reiten und Waffen tragen sollten, wann immer das möglich war. Aus einiger Entfernung konnte man sie durchaus für älter halten.

Die Große wandte sich an ihren Mann.

»Mein Häuptling, könnten nicht die jüngeren Frauen Kleidung ihrer Männer anziehen und Waffen tragen?«

»Niemand würde dich für einen Krieger halten, Mutter!« Der Sprecher war Kojote, der belustigt auf den stark gewölbten Leib seiner Tochter wies. Es folgte Gelächter.

»Das ist gut!« Der-ohne-Kopf freute sich über die Idee. Vielleicht keine Schwangeren, aber viele junge Frauen konnten als Krieger durchgehen.

Die jungen Frauen tuschelten aufgeregt. Der-ohne-Kopf spürte, daß dies eine gute Strategie war. Es würde nicht nur den Anschein von mehr Kriegern erwecken, sondern einige der Mädchen konnten gut mit Waffen umgehen und würden eine Verstärkung sein.

Als er sich dem Volk angeschlossen hatte, war es ihm merkwürdig vorgekommen, daß Mädchen und Jungen zusammen in der Kaninchen-Gemeinschaft unterrichtet wurden. Seine eigene Frau, Die Große, hatte ihn im Wettlauf besiegen können, bevor sie schwanger geworden war. Sie war geschickt mit dem Bogen, mit dem er nie besonders gut gewesen war. Und er wußte, daß viele der älteren Frauen erfahren mit der Wurfkeule waren. Er hatte gesehen, wie seine Schwiegermutter, Die-mit-den-großen-Füßen, ein Kaninchen mit der kurzen, schweren Keule erlegt hatte. Die Frauen des Volkes konnten mit Waffen umgehen, und in einem Notfall wurde vielleicht jede Waffe gebraucht.

Der Rat schloß mit Optimismus. Die Leute gingen zu ihren Schlafstellen.

»Glaubst du, daß es Probleme geben wird, mein Mann?« Die Große nannte ihn oft ›mein Mann‹, besonders in einer gefühlsbetonten Situation. Sie kuschelte sich an ihn, und die feste Wölbung ihres Leibes erinnerte ihn an ihre Verletzlichkeit im Falle eines Angriffs.

»Glaubst du das?« wich er mit einer Gegenfrage aus. »Du kennst das Volk besser als ich.«

»Ich weiß es nicht. Wenn die Schädelspalter uns für schwach halten, werden sie versuchen, uns zu töten.«

Ja, dachte er und zog sie enger an sich, oder sie werden versuchen, uns unsere Frauen wegzunehmen. Als er zum ersten Mal den Erzfeind gesehen hatte, war ihm gesagt worden: »... sie rauben unsere Frauen. Unsere Frauen sind viel schöner als ihre.«

Jetzt war ihm die Bedrohung viel bewußter. Er zog Die Große in seine Arme und hielt sie zärtlich fest.

»Dann werden wir bereit sein«, sagte er selbstbewußt.

Er wünschte, wirklich so zuversichtlich zu sein, wie er sich gab.

15. Kapitel

Als die Hirschhund-Gruppe am nächsten Morgen weiterzog, herrschte eine völlig veränderte Stimmung. Die Depression des vergangenen Tages war verschwunden, statt dessen waren alle optimistisch. Junge Frauen, die ihre Zöpfe entflochten hatten und das Haar wie Männer trugen, hatten Kleidung von ihren Männern oder Vätern angezogen. Sie stolzierten großspurig herum, schwangen Waffen und wirkten wie junge, geschmeidige Krieger, während ihre Familien und Freunde sich darüber amüsierten und Scherze machten.

Frauen mit kleinen Kindern gaben die Kleinen in die Obhut zweier älterer Mütter und nahmen an der Maskerade teil. Der-ohne-Kopf stellte erfreut fest, daß die Frauen gut mit den Waffen umgehen konnten. Einige Übungen und ein paar Wettkämpfe im Bogenschießen bewiesen das. Ihr Können war annehmbar. Der Häuptling wünschte sehnlich, daß die Leistungen dieser jungen Frauen niemals im Kampf bewiesen werden mußten. Aber es war gut, vorbereitet zu sein.

Es war nicht beispiellos beim Volk, daß eine Frau Waffen benutzte. So gab es Geschichten über Frauen, die sich bei Angriffen bei der Verteidigung ihres Mannes bewährt hatten. Eine alte Frau wurde »Sticht-Bär-in-Hintern« genannt. Wie es in der Geschichte hieß, hatte sie einst eine Lanze in den Hintern eines Bären gestochen, der ihren Mann übel zugerichtet hatte. Der erschreckte Bär war brüllend geflüchtet, und seither war sie stolz auf den Namen.

Obwohl das Volk über bewaffnete Frauen scherzte, war das Thema todernst. Eine fähige Frau war hochgeschätzt und eine Quelle des Stolzes für ihren Mann.

Das Schauspielern steckte die Halbwüchsigen an. Einige junge Männer führten sich auf, als wären sie Familienoberhäupter mit eigenen Tipis. Sie banden die geliehenen Tipistangen auf Hirschhunde, die ihren Eltern gehörten, und schlossen sich den Erwachsenen an, als wären sie Krieger.

Der-ohne-Kopf stieg auf seine graue Stute und ritt im kurzen Galopp zu einer nahen Hügelkuppe, um sich anzuschauen, wie die Gruppe wirkte. Er war erstaunt über das veränderte Bild, das die Hirschhund-Gruppe bot. Wenn ihm die List nicht bekannt gewesen wäre, hätte er gedacht, daß sich die Kampfkraft zum Vortag verdoppelt hatte. Der Häuptling kehrte erfreut und zuversichtlicher zu der Kolonne zurück. Er bezweifelte, daß ein Fremder bemerken würde, wie wenig reiterlose Pferde es gab. Fast jedes verfügbare Tier trug eine Last.

Die Gruppe hinterließ eine beachtliche Staubwolke. Ein zufälliger Beobachter würde gewiß von der Größe und Stärke solch einer Einheit beeindruckt sein.

Drei Tage später kam es zu einer Begegnung. Die vorausgeschickten Späher kamen zurück und meldeten eine nahende Kolonne. Anscheinend handelte es sich um einen reisenden Trupp von Schädelspaltern.

Das Volk zog sich zusammen, wurde wachsamer und

setzte den Weg in die bisherige Richtung fort. Es würde eine weitere der üblichen Konfrontationen geben, bei denen nicht gekämpft wurde. Beide Gruppen mußten einen Kampf vermeiden, weil die Familien dabei waren, aber manchmal konnte etwas den Funken auslösen, der zur Explosion führte. Es konnte ein heikler Moment werden.

Die Spitze der Kolonne erreichte einen flachen Höhenzug, und Der-ohne-Kopf sah, daß das Treffen in einer grasbewachsenen Ebene stattfinden würde. Er winkte Langer Hirsch, Stehender Vogel und Kojote, und die vier ritten der Vorausabteilung der anderen Gruppe entgegen.

»Bleibt zurück und reitet links um sie herum«, rief Der-ohne-Kopf über die Schulter.

Er hoffte, daß keiner von seinem Volk die Sache übertrieb. Wenn der Feind das Ausmaß der List durchschaute, würde sofort offenkundig werden, daß es einen Grund dafür geben mußte. Vielleicht war das Ganze doch keine so gute Idee. Es konnte auf die Tatsache aufmerksam machen, daß etwas mit dem Volk nicht stimmte.

Sie näherten sich dem anderen Häuptling und seinem Gefolge. Beide Gruppen parierten die Pferde und ritten das letzte Stück im Schritt aufeinander zu, die Hand zum Gruß erhoben. Der Häuptling der Schädelspalter wirkte vertraut; das Volk hatte ihn schon gesehen. Feindliche Häuptlinge wurden durch Begegnungen von Jahr zu Jahr bekannter miteinander.

»*Ah-kon,* Behaartes Gesicht«, sagte der andere Häuptling mit Worten und Zeichensprache. »Wie geht es dir?«

»Es geht gut«, antwortete Der-ohne-Kopf mit Zeichensprache. »Ich glaube, du wirst Stierschwanz genannt?«

Der andere nickte und ließ seinen Blick über die Hirschhund-Gruppe schweifen, die in einiger Entfernung am Rand der Wiese entlangzog. Der-ohne-Kopf hielt den Atem an und bemühte sich, lässig zu wirken. Würde der andere Häuptling irgend etwas Ungewöhnliches an der Kolonne bemerken? Sein Blick folgte dem des Schädelspalters, und er sah deutlich hier und da ein wohlgeformtes Bein vor dunklem Pferdefell und die Konturen üppiger Busen in locker sitzenden Männerhemden.

Der feindliche Häuptling sah die verräterischen Formen anscheinend nicht.

»Deine jungen Männer reiten gut«, bemerkte Stierschwanz.

»Ja, sie sind gut geschult«, antwortete Der-ohne-Kopf schnell. »Hast du Wild gefunden?« Er hielt es für gut, das Thema zu wechseln.

Der andere Häuptling nickte. »Wir haben viele Büffel gesehen. Unsere Kinder sind fett, und unsere Frauen sind glücklich. Und wie ist es bei dir?«

»Wir haben so viel Fleisch, wie wir brauchen«, sagte Der-ohne-Kopf, »aber im Augenblick kommen wir von unserem Großen Rat.«

Es würde nicht schaden, das preiszugeben. Ihre Fährte verriet das ohnehin, wenn jemand ihr folgen wollte. Wenn in diesem Punkt die volle Wahrheit gesagt wurde, würde das den Rest der Unterhaltung glaubwürdig machen.

»Ihr habt euch westlich von hier getroffen? Wie weit? Zwei, drei Sonnen?«

Dies war eine logische Unterhaltung. Die andere Gruppe wollte nicht in ein Gebiet reiten, in dem vor kurzem ein großes Treffen stattgefunden hatte und gejagt worden war.

»Nein, vier Sonnen«, erwiderte Der-ohne-Kopf. »Westlich von hier.«

Stierschwanz nickte abermals. »Dann werden wir uns weiter südlich halten«, kündigte er an und nahm die Zügel auf.

Die beiden Häuptlinge ließen ihre Pferde vorsichtig ein paar Schritte zurückgehen, machten kehrt und ritten langsam zurück zu ihren Gruppen.

»Meinst du, er sagt die Wahrheit über sein Ziel?« fragte Langer Hirsch.

Der-ohne-Kopf blickte über die Schulter zu den davonreitenden Männern der Schädelspalter. Stierschwanz spähte angespannt zu der jetzt fernen Kolonne der Hirschhund-Gruppe. Argwöhnte er etwas? Der-ohne-Kopf war sich dessen nicht sicher. Selbst viel später, nach den Ereignissen der späteren Monde, war sich der junge Häuptling nie im klaren darüber, ob der Häuptling der Schädelspalter das Geheimnis ergründet hatte.

16. Kapitel

Das Gebiet für das Sommerlager wurde sorgfältig ausgewählt. Der-ohne-Kopf achtete darauf, daß es gut zu verteidigen war. Eine große Zahl von Leuten mit vielen Pferden brauchte einen verläßlichen Wasservorrat und Gras für die Hirschhunde. Eine ebene, grasbewachsene Fläche in einer langen Biegung des Flusses diente beiden Zwecken. Und der Fluß erschwerte eine Annäherung von drei Seiten. Nur von Norden her konnte ein massiver Angriff von berittenen Kriegern erfolgen.

Hinter dem Sommerlager, im Westen, strömte der Fluß durch eine Felsenschlucht, beschattet von gewaltigen Eichen und Pappeln. In der zerklüfteten Schlucht, deren Ränder mit Felsbrocken übersät waren, und in dichtem Gestrüpp gab es Tausende von Verstecken. Der-ohne-Kopf erinnerte sich grimmig daran, daß er sich vor ein paar Jahren über die Philosophie »Weglaufen und verstecken« lustig gemacht hatte. Jetzt half es bei der Planung für diese Möglichkeit.

Der junge Häuptling ging allein auf die Kuppe eines niedrigen Hügels, von dem aus man die Szenerie überblikken konnte. Das Volk errichtete ein Lager, das mehrere Monde lang benutzt werden würde. Er sah belustigt, daß einige Jungen, immer noch aus Täuschungsgründen und nur zum Schein Tipis errichteten. Ein paar Stangen, einige alte Häute, und das Resultat wirkte wie ein weiteres Tipi. Für einen fernen Beobachter würde das einige Krieger mehr bedeuten. Das Lager wirkte insgesamt wie das einer starken und gut bewaffneten Gruppe.

Es sei denn, dachte der Häuptling mit Besorgnis, die List wäre durchschaut. Dann konnte die ganze Sache schiefgehen. Er versuchte sich mit der Hoffnung zu beruhigen, daß in diesem Jahr sicherlich keine Schädelspalter in dem Gebiet sein würden. Es war sogar schon vorgekommen, daß zwei Jahre ohne eine einzige Begegnung mit den Schädelspaltern vorübergegangen waren.

Tief in seinem Herzen wußte er, daß es eine Hoffnung war, die nicht in Erfüllung gehen würde. Die Schädelspalter würden den hitzigen jungen Blutigen begegnen, die unbedingt Ärger haben wollten. Wenn sie dann die jungen Krieger getötet hatten, würde den Schädelspaltern klarwerden, daß irgendwo eine Gruppe des Volkes lebte, dessen junge Krieger jetzt tot waren. Sie würden begierig darauf sein, die relativ schutzlose Gruppe anzugreifen.

Vielleicht würden sie sogar erkennen, daß das anfällige Lager das von Der-ohne-Kopf war, dem gehaßten Außenseiter. Die Schädelspalter würden sich liebend gern für ihre Niederlage beim Großen Kampf rächen. Vielleicht sollte sich die Hirschhund-Gruppe doch für ein Jahr oder zwei Jahre der Rote-Felsen-Gruppe anschließen?

Der-ohne-Kopf seufzte tief. Es war eine Ironie, daß seine Anwesenheit, ursprünglich die Rettung des Volkes, jetzt zu einer seiner größten Gefahren geworden war. Warum hatte er zugestimmt, die Führung der Gruppe zu übernehmen? Er hätte sich so schnell und so weit wie möglich davonmachen sollen. Vor seinem geistigen Auge erlebte er noch einmal die Ereignisse vor ein paar Jahren. Er hätte auf seine graue Stute steigen und südwärts reiten können, bis er auf Menschen seines eigenen Volkes gestoßen wäre. Er wußte, daß es im ganzen südlichen Teil des Gebiets namens Tejas verstreute spanische Siedlungen gab.

Eine schwangere Frau kam weit unten aus einem Tipi und führte einen kleinen Jungen an der Hand. Sie ging zum Fluß, und Der-ohne-Kopf beobachtete ihre langen Schritte, die sogar in den letzten Monaten ihrer Schwangerschaft anmutig waren. Er erkannte Die Große, und seine Träumerei kehrte abrupt in die richtige Perspektive zurück. Er wußte, daß er das Volk nicht hatte verlassen können. Wenn er das Ganze noch einmal machen müßte, würde er das gleiche tun.

Er bedauerte nur, daß er das Gefühl hatte, seiner Verantwortung nicht gerecht zu werden. Seine Frau, sein Sohn und das ungeborene Kind waren auf seinen Schutz angewiesen. Ebenso die gesamte Hirschhund-Gruppe. Und er hatte jetzt ernsthafte Zweifel, ob er fähig war, diesen Schutz zu gewähren.

Der Häuptling beobachtete, wie die Fackel von Sonnenjunge unter den Rand der Erde verschwand, und als er vom Hügel hinab in das weiche Zwielicht ging, hatte der junge Häuptling zwei Entscheidungen getroffen. Erstens würde er die Philosophie »Weglaufen und verstecken« lernen, wenn es nötig war. Aber er würde auch kämpfen, wenn erforderlich. Kurz gesagt, er würde alles tun, was für die Sicherheit seiner Familie und seines Volkes richtig war. Denn das waren jetzt völlig die Seinen auf Grund der Gefahr, der sie gemeinsam ausgesetzt waren, und ihrer Bereitschaft, ihr Leben seiner Führung anzuvertrauen.

Seine zweite Entscheidung war mehr eine feste Absicht. Der-ohne-Kopf wollte bei niemandem seine Sorgen und Zweifel zeigen. Er würde keine Hinweise darauf geben, daß er die Lage für gefährlich hielt. Selbst Kojote, ja sogar Die Große, die fast jeden seiner Gedanken las, durfte nichts von seiner Unsicherheit wissen.

Er ging durch die Abenddämmerung und das jetzt von

Kochfeuern erhellte Lager. Leute lächelten und winkten ihm zu, und er antwortete mit würdevollem Nicken. Wären sie so freundlich gewesen, wenn sie seine Zweifel und Ängste kennen würden? Sie durften nichts davon erfahren. Das Volk durfte nicht denken, daß sein Führer Zweifel an seinen eigenen Fähigkeiten hatte.

In Wirklichkeit war Die Große viel besser im Ergründen seiner Gedanken, als er glaubte. Sie hatte ihn auf den Hügel gehen sehen und ihm folgen wollen, sich dann jedoch anders entschieden. Ein wenig später schaute ihr Vater vorbei.

»Wo ist Der-ohne-Kopf?« fragte Kojote. »Wir müssen Posten aufstellen.«

Die Große wies zu der einsamen Gestalt auf dem Hügel.

»Der-ohne-Kopf macht seine eigene Medizin, Vater. Er wird bald herabkommen.«

Kojote schaute lange hin und nickte dann. Die eigene Medizin eines Mannes mußte respektiert werden. Er wandte sich ab.

Die Große nahm einen ledernen Wassereimer und führte Adler an der Hand aus dem Tipi. Sie würde das Essen fertig haben, wenn ihr Mann zurückkehrte.

Sie wußte, daß er sich Sorgen machte. Sie hatte es ihm heute an den Augen angesehen. Aber jetzt waren sie im Sommerlager. Die Belastung der Reise lag hinter ihnen. Sie konnte ihm die zusätzlichen kleinen Aufmerksamkeiten erweisen, die ein Mann braucht, um das Gefühl zu haben, der größte und stärkste Krieger auf der Prärie zu sein.

Sie konnte dafür sorgen, daß ihr Mann seine Ängste und Zweifel vergaß. Die Große lächelte vor sich hin. Es war schließlich immer so gewesen.

17. Kapitel

Eine Zeitlang hatte es den Anschein, daß die Ängste des Häuptlings unbegründet waren. Es gab keine Anzeichen des Feindes. Die Büffeljagd war ergiebig, und die Gestelle mit Dörrfleisch waren voll. Rohlederbeutel begannen sich mit Vorräten für den Winter zu füllen. Bald würde das Volk in ein Winterlager umziehen.

Der-ohne-Kopf schob den Umzug hinaus. Die Große würde bald ihr Kind bekommen, und er wünschte, daß die Geburt vor dem strapaziösen Weg zum Winterlager stattfand. Der Mond des Donners und der Rote Mond gingen in den Mond der Reife über, als es eine Veränderung in der routinemäßigen Vorbereitung auf den Winter gab. Und die Veränderung kam in völlig unerwarteter Form.

Der Morgen dämmerte, und Der-ohne-Kopf schmiegte sich behaglich an den warmen Körper seiner Frau. Der Häuptling war soeben aufgewacht und legte sich auf die andere Seite, und Die Große murmelte leise etwas im Schlaf und kuschelte sich näher an ihn. Plötzlich hörte Der-ohne-Kopf Hufschlag, einen Ruf und weiteres Hufgetrappel. Er sprang auf. »*Yip-yip-yip*... ertönte der langgezogene, schrille Kriegsschrei der gefürchteten Schädelspalter. Der-ohne-Kopf schnappte sich seine Büffellanze und hetzte aus dem Tipi in das Grau der Morgendämmerung. Ein erschrecktes Pferd donnerte an ihm vorbei und streifte ihn. Der-ohne-Kopf warf sich zur Seite und taumelte gegen das Tipi. Er sah, daß das Pferd reiterlos war.

Der Häuptling eilte hinter das Tipi und vergewisserte sich, daß seine graue Stute Lolita sicher angebunden war. Sie schnaubte aufgeregt, beruhigte sich aber, als er über ihr Fell strich. Während er überlegte, ob er aufsitzen oder zu Fuß bleiben sollte, jagten mehr Pferde an ihm vorbei, angetrieben von den Schreien berittener feindlicher Krieger, die ihnen folgten. Der-ohne-Kopf wich aus, um nicht niedergetrampelt zu werden. Zugleich suchte er nach einem Ziel für seine Lanze. Ein Tipi in der Nähe erbebte, als ein Pferd dagegenprallte. Andere in Panik versetzte Tiere streiften im Vorbeigaloppieren das Tipi, und es kippte langsam um. Eine Frau schrie, und ein Kind begann zu weinen.

Dann war es vorüber. Dichter Staub hüllte den Häuptling ein, und er mußte husten, während er durch die Dämmerung zu den davonjagenden Pferden spähte. Er hatte keinen einzigen der Feinde zu Gesicht bekommen.

Im Lager riefen Leute nach Familienmitgliedern. Schmerzensschreie ertönten. Die Hülle eines eingestürzten Tipis fiel auf die Glut des Kochfeuers und begann zu rauchen. Leute zerrten die Haut aus der Glut und traten das schwelende Stück aus.

Der-ohne-Kopf vergewisserte sich, daß seine Familie wohlauf war. Dann schwang er sich auf seine Stute.

»Hierher!« rief er von einer freien Fläche aus. »Alle zu mir, die Hirschhunde haben!«

Männer tauchten im heller werdenen Grau auf. Die meisten Männer hielten wie Der-ohne-Kopf ihre besten Pferde am Tipi angebunden. Der Feind hatte die nicht angebundene Herde in Panik versetzt und davongetrieben.

»Wer war bei den Hirschhunden?« fragte der Häuptling, als Stehender Vogel zu ihm ritt.

»Kleiner Bär. Er ist tot.«

Der Häuptling hatte das angenommen. Er hätte nicht zu fragen brauchen. Ganz gleich, wie der junge Mann gestorben war, sein Kopf war mit der Kriegskeule der Schädelspalter zerschmettert worden, wie sie es immer taten. Für Kleiner Bär gab es keine Hilfe mehr. Der Häuptling wandte sich wichtigeren Dingen zu.

»Wie viele Hirschhunde sind hier?«

Mit einem schnellen Blick durchs Lager stellte er fest, daß alle da waren, die Pferde hatten. Ihn verließ der Mut.

Es waren kaum mehr als zwanzig. Er wußte, daß er nicht ohne weitere Pferde ins Winterlager umziehen konnte. Besonders weil die verbliebenen Pferde Tiere für die Büffeljagd waren, keine Packpferde. Sie mußten genügend Pferde zurückerobern, um die großen Tipihäute zu transportieren, oder die Hirschhund-Gruppe war gezwungen, hier zu überwintern, an einem schlechten Ort für den Winter. Er gab das Signal zum Aufbruch.

Den Feind mit einem kleinen Trupp zu jagen, war nicht so tollkühn, wie es den Anschein hatte. Selten würde ein feindlicher Kriegstrupp mehr als zwanzig Männer zählen. Sie hatten keinen Kampf gesucht, sondern nur Pferde erbeuten wollen. Ein stärkerer Trupp Schädelspalter hätte angegriffen, um Ehren zu erlangen.

Deshalb war Der-ohne-Kopf zuversichtlich, als sie losritten. Es war vermutlich ein kleiner Trupp des Feindes. Zwanzig der besten Krieger auf den besten Pferden konnten die flüchtenden Schädelspalter, die Pferde treiben mußten, leicht einholen und niederkämpfen und mindestens einen Teil der Pferdeherde zurückerobern.

Die Fährte war deutlich im morgendlichen Tau zu sehen, und sie passierten ein erschöpftes Fohlen, das neben dem Muttertier mit gesenktem Kopf und zitternden Flanken stehengeblieben war. Der-ohne-Kopf sagte sich, daß seine Annahme richtig gewesen war. Der Trupp der Schädelspalter setzte alles daran, um zu entkommen, und ließ langsamere Tiere zurück. Er trieb die graue Stute wieder zum Galopp.

Gelegentlich erhaschten sie einen Blick auf die Flüchtenden, die weit voraus in der Ferne ritten. Plötzlich zügelte Langer Hirsch sein Pferd neben dem Häuptling.

»Mein Häuptling, da stimmt was nicht! Es sind nur zwei oder drei Reiter bei den Hirschhunden!«

Der-ohne-Kopf beschattete die Augen und spähte in die Ferne, konnte aber nichts im Staubschleier erkennen. Er mußte sich auf die Worte des jungen Mannes verlassen.

Langer Hirsch hatte die schärfsten Augen in der Gruppe, besonders seit dem Tod von Sieht-Weit. Langer Hirsch konnte leicht den achten Stern im Sternbild der Sieben Jäger sehen.

Die Sieben Jäger, hatte Kojote seinem Schwiegersohn erklärt, beschrieben jede Nacht einen weiten Kreis um den Oberstern, wo ihr Tipi stand. Jemand mit guten Augen konnte sehen, daß der letzte Jäger von seinem Hund begleitet wurde. In einer klaren Nacht konnte Der-ohne-Kopf schwach den Hunde-Stern erkennen.

Aber jetzt, bei Wind und Staub, der seine Augen tränen ließ, nahm er nur verschwommene Bewegung in der Ferne wahr.

»*Aiee*, seht!« ertönte ein Schrei hinter ihm.

Alle Krieger blickten in die Richtung, in die jemand wies. Ein grauer Fleck am Horizont verriet, daß dort ihr Lager war. Während sie hinschauten, wurde der Fleck breiter, dunkler, und eine Rauchsäule stieg empor.

Mutter Gottes, wir sind hereingelegt worden, dachte Der-ohne-Kopf zornig. Er riß die Stute herum und trieb sie mit den Fersen an. Die anderen Reiter folgten ihm. Wie konnte er so dumm gewesen sein, auf solch eine List hereinzufallen? Auf der Militärakademie, eine halbe Welt entfernt, hätten seine Ausbilder in Strategie Kadetten für solch einen groben Fehler einen ganzen Tag zur Strafe exerzieren lassen. Es war unverzeihlich, seine Kräfte gegen einen Feind mit unbekannter Stärke zu teilen. *Aiee*, das war so blöde wie die Eule, die ein Stinktier fängt und nicht weiß, daß es stinkt. Der-ohne-Kopf dachte wieder wie einer vom Volk.

Es gab keinen Zweifel, daß das Lager angegriffen worden war. Der sich ausbreitende Rauch bewies das. Aber wie schlimm war es? Es wurde ihm schwer ums Herz, als er an seine verletzliche Frau und den Sohn dachte. Der Häuptling unterdrückte mit Mühe den Impuls, die Stute zu treiben, bis sie zusammenbrach.

So achtete er sorgfältig auf das Tempo, ließ die Pferde zwischendurch im Schritt gehen und galoppierte erst weiter, wenn sie etwas verschnauft hatten.

Sonnenjunge war fast im Zenit, als sie beim brennenden Dorf eintrafen. Eine Schar feindlicher Reiter, die sie offenbar die ganze Zeit beobachtet hatte, ritt über den Hügelkamm und machte wilde Gesten, bevor sie verschwand.

Die Hälfte der Tipis stand in Flammen. Dicker, fettiger Rauch stank nach verbranntem Leder und Fleisch. Besorgt ritt Der-ohne-Kopf zwischen ruinierten Tipis zu seinem Zelt. Die schaumbedeckte Stute scheute, als sie eine Leiche passierte, deren Kopf grotesk verdreht war, und dann sah Der-ohne-Kopf sein Tipi.

Das Tipi war völlig zerstört, und alle Wintervorräte waren verbrannt. Zornig und verzweifelt sprang Der-ohne-Kopf von der Stute und rannte auf das Tipi zu. Gab es Tote in den verbrannten Trümmern? Er wußte es nicht. Er sah die geschwärzten Reste seines Kettenpanzers, der vermutlich nicht mehr zu benutzen war. Das machte nichts, er trug ihn ohnehin nicht mehr. Aber wo war Die Große?

»Der-ohne-Kopf!« rief Kojote. »Komm! Die Große bekommt das Kind!«

Der kleine Mann bahnte sich einen Weg zwischen den Trümmern.

»Die Große und Adler sind mit uns im Wald. Ich soll dir ausrichten, daß deine Hirschhund-Medizin sicher ist!«

Welch wunderbares Mädchen, dachte Der-ohne-Kopf, und seine Augen füllten sich mit Tränen der Erleichterung. Der Feind hatte angegriffen, Die Große hatte in den Wehen gelegen, und trotzdem hatte sie Lolitas spanisches Gebiß gerettet, weil es das wichtigste Symbol der Kraft ihres Mannes war – die Hirschhund-Medizin.

18. Kapitel

Als sie in den Schutz der zerklüfteten Felsenschlucht eilten, beschrieb Kojote die Ereignisse des Morgens.

Sie hatten schnell erkannt, daß das Lager extrem gefährdet war, weil alle Pferde und die meisten jungen Krieger fort waren. Die verbliebenen Krieger wußten, daß sie möglicherweise in einer Falle saßen, und organisierten die Verteidigung. Kojote spielte bescheiden seine sehr wichtige Rolle bei den Plänen herunter, aber Der-ohne-Kopf wußte Bescheid. Kojote konnte eine Idee aussprechen und anderen das Gefühl geben, daß sie von ihnen stammte.

Wie es der Zufall wollte, war die Gruppe mit der meisten Erfahrung in der alten Taktik des Weglaufens und Versteckens im Lager anwesend. Die Bogenschützen brachten die Frauen und Kinder in das bewaldete Gebiet und bereiteten sich auf den erwarteten Angriff vor.

Sie brauchten nicht lange zu warten. Fünfzehn oder mehr berittene Krieger galoppierten von Norden heran und stießen den Kriegsschrei aus. Ein Hagel von Pfeilen tötete einige Reiter, und die Bogenschützen zogen sich zur Schlucht zurück. Reiter schwenkten aus und folgten Männern, die zu Fuß davonrannten, und einige vom Volk fielen, bevor sich die Überlebenden am Anfang der Schlucht versammelten.

Jetzt waren sie im Schutz von Felsen und Bäumen, und sie stellten sich zum Kampf. Jeder versuchte Angriff der feindlichen Reiter wurde mit gut gezielten Pfeilen aus dem Hinterhalt erwidert. Eine Zeitlang hatte es den Anschein, als wollten die Schädelspalter zu Fuß angreifen, doch sie gaben die Idee auf, weil sie zu viele Verluste gehabt hätten. So kam es zu einem Patt. Die Schädelspalter konnten das Volk nicht weiter verfolgen, und das Volk konnte nicht die Verstecke verlassen.

Enttäuscht und mit dem Wissen, daß die Hirschhund-Krieger zurückkehren würden, ritt der Feind zum verlassenen Dorf zurück. Die Schädelspalter plünderten die Tipis, zündeten viele davon an und verstümmelten die wenigen Toten des Volks. Sie wollten sich gerade beraten, als ihre Späher das Nahen der zurückkehrenden Hirschhund-Männer meldeten. Die Schädelspalter saßen auf, ritten über den Hügelkamm nach Westen und verhöhnten das Volk, bevor sie verschwanden.

Der-ohne-Kopf war sehr versucht, sie zu verfolgen und zu bestrafen, aber er erkannte, daß es sinnlos war. Er winkte Langer Hirsch.

»Hol die anderen und fangt alle Hirschhunde ein. Bleibt in der Nähe!«

Langer Hirsch nickte, schwang sich auf sein Pferd und rief ein paar andere junge Männer zu sich.

Die Große lag auf einer kleinen Lichtung, die von Büschen mit Beeren umgeben war. Die-mit-den-großen-Füßen stand stolz bei ihr. Der-ohne-Kopf eilte zu ihnen.

»Es ist vollbracht, mein Mann«, sagte Die Große ruhig. Sie hob eine Ecke des Fells an und zeigte ein rundes, rotes Gesicht, das an ihrer Schulter ruhte. »Wir haben einen zweiten kleinen Mann!«

Der-ohne-Kopf kniete sich hin, streichelte das Gesicht seiner Frau und drückte ihre Hand.

»Das Kind ist wunderschön«, sagte er. Er war noch benommen nach der großen Gefahr, die sie soeben überlebt hatten.

»Nein, nicht wunderschön, aber groß und stark«, antwortete sie. »Hier, halte ihn!«

Der-ohne-Kopf hob das sorgfältig eingehüllte Bündel und schaute auf das Gesicht.

»Ist es gesund? Gut gewachsen?«

»Ja, mein Mann, aber er hat kein Haar im Gesicht.«

Sie lachten zusammen. Es war ein Familienscherz. Bei der Geburt von Adler war Die Große äußerst deprimiert gewesen, weil das Neugeborene kein Haar im Gesicht hatte wie sein Vater.

Der Häuptling nickte ernst.

»Ja«, antwortete er, »das ist zu schlimm. Sollten wir es versuchen, bis einer Haare im Gesicht hat?«

Kojote kicherte glücklich, und das Baby blinzelte mit großen Augen in die Helligkeit des Tages.

»Ich finde, er sollte Eule genannt werden«, sagte Kojote. Der Name würde länger haftenbleiben, als jeder wußte. Kojote war äußerst scharfsichtig, was Namen anbetraf.

Ein Gedanke, den er vorübergehend aufgeschoben hatte, kam dem Häuptling in den Sinn, und er kniete sich neben seine Frau.

»Unser Tipi ist fort«, sagte er zögernd.

»Ich weiß, mein Mann. Ich sah, wie es zu brennen anfing. Es macht nichts. Wir hatten keines vor unserer Ehe. Jetzt werden wir ein anderes haben.«

Der-ohne-Kopf wünschte, er könnte so sachlich bei dem Verlust von Besitz sein wie das Volk. Ihr Heim, ihr gesamter Nahrungsvorrat und alles andere waren in schwarzem Rauch aufgegangen, und sie sagte »...es macht nichts«. Er wußte es besser. Es würde ein sehr harter Winter sein. Sie mußten ihn hier verbringen, mit wenig Nahrung und – noch schlimmer – mit wenig Gelegenheit zur Jagd.

Die Schädelspalter kannten jetzt die Schwäche des Volkes. Vielleicht waren sie sich sogar die ganze Zeit darüber im klaren gewesen. Der-ohne-Kopf begann zu argwöhnen, daß der Feind mit ihnen eine Art Katz-und-Maus-Spiel trieb, bei dem er alle Vorteile auf seiner Seite hatte.

»Du wirst natürlich zu uns ziehen«, sagte Kojote. »Wir haben viel Platz.«

Der-ohne-Kopf wußte, daß es nicht »viel« Platz war, aber ausreichend, wenn es auch eng sein würde.

»Was werden die anderen tun?« fragte er seinen Schwiegervater.

Kojote zuckte mit den Schultern. »Zu Verwandten ziehen. Nicht alle haben ihre Tipis verloren. Kaum die Hälfte.« Er sagte es, als wäre es ein Glücksfall.

Das Volk kehrte zum zerstörten Lager zurück. Kojote und Der-ohne-Kopf folgten und schätzten das Ausmaß des Schadens.

»Seht, ob ihr meine Kochsteine finden könnt!« rief ihnen Die Große nach.

Einige Leute stöberten bereits in den Trümmern und sortierten sogar unverbrannte Stücke von angesengten Häuten aus.

»Sie fingen mit den größten Tipis an«, bemerkte Kojote.

Es stimmte. Der Feind hatte absichtlich die Tipis der Wohlhabenderen zur Zerstörung ausgewählt. Das verlieh der Sache mehr Gewicht, befürchtete Der-ohne-Kopf. Es war eine absichtliche Aktion, um Vorräte zu vernichten und zu verhindern, daß neue angelegt wurden. Deswegen hatte man auch die Pferde geraubt.

Das hohe Klagen des Trauerlieds ertönte von der fernen Seite des Lagers, als jemand den Verlust eines Familienmitglieds entdeckte.

Stehender Vogel trabte auf seiner Fuchsstute heran.

»Wir haben ein paar Hirschhunde eingefangen!«

»Das ist gut«, sagte Der-ohne-Kopf. In Gedanken fügte er hinzu: Und es gibt nicht viel Gutes zur Zeit. »Binde sie alle an, damit wir keine mehr verlieren. Und verbreite, daß wir uns heute abend zum Rat versammeln. Wir müssen Pläne machen.«

Es gab viel zu tun bis zum Einbruch der Dunkelheit. Das Volk suchte emsig und methodisch in den Trümmern ihrer Heime nach noch Brauchbarem. Es stellte sich heraus, daß die leeren, zum Schein errichteten Tipis verschont worden waren, vielleicht weil sie behelfsmäßig und wertlos wirkten. Jetzt dienten sie nicht mehr einer List, sondern wurden tatsächlich Heime von Leuten, die ihr Tipi verloren hatten. Andere zogen zu Verwandten.

Etwas Erstaunliches war geschehen. Das Tipi von Weißer Büffel war unberührt. Obwohl es eines der größten war und die Schädelspalter gezielt die großen Tipis zerstört hatten, war es verschont worden. Der Medizinmann rechnete sich das als Verdienst an. Er wies darauf hin, daß er durch die Kraft seiner Medizin geschützt war. Die meisten des Volkes akzeptierten bereitwillig diese Auslegung der Sache.

Der-ohne-Kopf wußte, daß sein Freund und Berater Weißer Büffel ein Opportunist war, der Vorteile aus einer Situation zog, um sein Ansehen zu vergrößern. Es war jedoch tatsächlich möglich, daß der Feind eine Beschädigung des Tipis vermieden hatte. Die Schädelspalter hatten das Tipi wegen der kunstvollen Bemalung leicht als das des Medizinmannes erkennen können. Weil sie nicht wußten, wie stark die Medizin dieses Mannes war, hatten sie aus Sicherheitsgründen eine direkte Konfrontation vermieden. Der-ohne-Kopf sagte sich, daß der alte Mann im Grunde genommen recht hatte. Seine Medizin, oder zumindest die Furcht davor, hatte das Tipi von Weißer Büffel gerettet. Und das heilige weiße Fell des Volkes war noch sicher.

Trauernde Familien hüllten im Verlauf einer Zeremonie die Toten ein und bereiteten den Transport zu den Baumgerüsten vor, wo sie am nächsten Tag beigesetzt werden sollten.

Die Toten und Verwundeten des Feindes waren von ihren Gefährten mitgenommen worden.

Die Arbeit war noch längst nicht fertig, als Sonnenjunge seinen täglichen Lauf beendete, aber die Aktivitäten hörten auf, als das Ratsfeuer angezündet wurde. Das Volk machte sich auf den Weg zur Mitte des zerstörten Lagers.

19. Kapitel

Trotz der Dringlichkeit dieses Rats wurden die Konventionen beachtet. Der-ohne-Kopf wußte seit langem, daß so ernste Dinge wie der Rat nicht übereilt werden durften. Dennoch bedauerte er die verrinnende Zeit, als er die Pfeife anzündete und Rauch in die vier Richtungen, zum Himmel und zur Erde blies. Er überreichte die Pfeife dem Unterhäuptling zu seiner Rechten, setzte sich zurück und wartete, während die Pfeife die Runde machte.

Schließlich hatten alle im Kreis geraucht, die Pfeife wurde verstaut, und die Diskussion konnte beginnen. Kojote nahm das Etui mit der Pfeife vom Häuptling entgegen. Er war sehr stolz auf seine Tochter, weil Die Große die Geistesgegenwart gehabt hatte, bei der Flucht vor dem Feind die Pfeife des Häuptlings und seine Hirschhund-Medizin mitzunehmen. Diese Dinge waren praktisch alles, was aus ihrem Tipi gerettet worden war, aber sie waren am wichtigsten.

»Zählen wir die Toten«, sagte Der-ohne-Kopf.

Es wurde Bilanz gezogen. Vier aus dem Volk waren tot, alles Männer. Dies wies auf gute Organisation bei der Verteidigung und beim Rückzug hin, war jedoch eine schlimme Tatsache angesichts der bereits geringen Zahl von Kämpfern. Einer der vom Feind Getöteten war noch ein Junge gewesen, begierig darauf, seine Tapferkeit zu zeigen, aber zu unerfahren, um sich mit harten Kriegern messen zu können. Trotzdem hatte der Junge tapfer gekämpft und seinen Gegner mit einem Pfeil vom Pferd geschossen, wie ein alter Krieger bezeugte.

»Ich sah den Schädelspalter fallen, aber ich weiß nicht, ob er tot war«, sagte der alte Mann.

»Wie viele Schädelspalter wurden getötet?« fragte der Häuptling.

Keiner wußte es. Schätzungen reichten von drei bis sieben, und die richtige Zahl lag vermutlich in der Mitte.

»Ein Schädelspalter lebte noch«, berichtete ein Mann. »Wir fanden ihn zwischen den Felsen, wo er sich versteckte, und töteten ihn.«

Der-ohne-Kopf war wütend. Er hätte gern den Gefangenen verhört, um zu erfahren, wieviel die Schädelspalter über die mißliche Lage des Volks wußten. Er fragte sich auch, ob die Angreifer zu der Gruppe des Häuptlings Stierschwanz gehörten, deren Stärke er kannte.

»Laßt uns keine Gefangenen töten, bevor sie verhört wurden!« Der Tonfall des Häuptlings war ärgerlich.

Dies war noch ein anderer Faktor, den der Häuptling nicht ganz verstand. Kojote hatte es bereits bemerkt. Traditionell nahm das Volk einen Gefangenen eher auf, statt ihn zu töten. Durch die Spannung des internen Streits und die Bedrohung durch den Feind hatte sich jetzt die gelassene Haltung der Männer geändert, deren erster Gedanke nun war, um sich zu schlagen, zu töten. Kojote haßte diese Veränderung, die den Stamm erfaßte. Er fand, das Leben war besser gewesen, als das Volk noch weggelaufen war und sich versteckt hatte.

Es wurde weiter beraten und festgestellt, daß jeder zumindest für die Nacht einen Schlafplatz hatte. Dann entwarf der Häuptling Pläne.

»Wir haben nur noch zwanzig Hirschhunde.«

»Nein, mein Häuptling«, widersprach Stehender Vogel. »Fast dreißig!«

Sie hatten einige streunende Pferde gefunden, einschließlich Stuten und Fohlen und Tiere, die von jetzt toten Schädelspaltern geritten worden waren.

»Das ist gut«, sagte Der-ohne-Kopf. »Trotzdem brauchen wir mehr Hirschhunde, um das Lager zu verlegen.«

Eine lebhafte Diskussion folgte. Es wurde betont, daß das Volk einst ganz ohne Hirschhunde ausgekommen war und nur die Kraft seiner Muskeln und seiner Hunde genutzt hatte.

»Das stimmt«, bemerkte Kojote, »aber das war vor dem

Hirschhund. Wir haben jetzt größere Tipis und längere Tipistangen. Die jetzigen Tipis können nicht von Hunden und Menschen transportiert werden.«

»Aber die größten sind abgebrannt!« wandte jemand ein.

»Mein Häuptling«, sagte der Medizinmann, »es gibt einen Platz, den das Volk vor langer Zeit als Winterlager nutzte. Er ist nur drei Sonnen entfernt. So weit sollten wir es schaffen. Wir brauchen auch Nahrung. Dort ist Wild im Wald, und es gibt Nußbäume. Dort wäre es besser im Winter als hier.«

Einige nickten zustimmend. Andere erinnerten sich an den Platz, der seit vielen Jahren unbenutzt war. Unter dem vorherigen Häuptling war die Gruppe weiter nach Süden gezogen, um zu überwintern. Außerdem waren sie in den vergangenen Jahren abhängiger vom Büffel geworden. Mit der Ankunft der Hirschhunde und den neuen Jagdmethoden war der Büffel leichter zu erlegen. Keiner aß jetzt noch Hundefleisch, es sei denn aus Vorliebe, und Kaninchen und Eichhörnchen wurden hauptsächlich von den Kindern gejagt.

Anscheinend war es nun ratsam, etwas von der alten Lebensweise wiedereinzuführen. Genauer gesagt, das war die einzige Antwort auf die Probleme der Gruppe. Schließlich wurde entschieden, noch einen Tag mit den Aufräumungsarbeiten und der Bestattung zu verbringen und dann am nächsten Morgen loszuziehen.

Es war ein kümmerlicher Rest der stolzen Hirschhund-Gruppe, der zwei Tage später auf die Prärie hinauszog. Der-ohne-Kopf bestand darauf, daß berittene Krieger die Kolonne flankierten. Zugleich wurde jedoch die Kraft der Männer zum Schleppen und Tragen gebraucht. Es gab häufige Aufenthalte, und die Gruppe kam nur langsam voran.

Die Große ging von Zeit zu Zeit zu Fuß, und dabei trug sie den Säugling Eule. Häufig gab sie jedoch dem Drängen ihres Mannes nach und ritt auf einem der Pferde, die Tipistangen zogen.

Eine Zeitlang ging die Angst um, als einer der Flankenreiter einen berittenen Krieger sichtete, der von einem fernen Hügel aus beobachtete. Es wurde jedoch kein weiterer Krieger gesehen, und bei Einbruch der Dunkelheit gab es große Zweifel und Diskussionen, ob der junge Mann tatsächlich etwas gesehen hatte.

»Aber, mein Häuptling, da *war* ein Reiter!«

Der Späher war zum Kochfeuer gekommen, an der Der-ohne-Kopf saß und aß. Man hatte den jungen Mann verspottet und ausgelacht, und er war bedrückt.

»Ich weiß.« Der Häuptling nickte. »Die Schädelspalter werden uns gewiß beobachten. Du bist einfach ein besserer Beobachter als die meisten.«

Dieses Lob munterte den Jungen auf.

»Das war gut, Häuptling«, bemerkte Kojote, als der junge Mann fort war. »Es wird ihn zu einem besseren Späher machen.«

»Ich habe die Wahrheit gesagt«, antwortete Der-ohne-Kopf. »Wir wissen, daß die Schädelspalter da sind, aber nur dieser Junge hat sie sehen können. Er wird vielleicht eines Tages so gut wie Sieht-Weit!«

Am Mittag des vierten Tages zog die Hirschhund-Gruppe in das Gebiet, das ihr Ziel war. Der-ohne-Kopf ritt voraus, um einen Lagerplatz auszuwählen. Der Platz mußte Schutz vor dem Winter bieten und zugleich gut zu verteidigen sein.

In ersterem Punkt sah er, daß die Wahl ausgezeichnet war. Das ebene Terrain wurde an zwei Seiten von steilen und zerklüfteten Hängen begrenzt. Sie würden Schutz von Norden und Westen bieten, guten Schutz gegen den Kältemacher. Ein dichter Waldstreifen im Süden versprach jagdbare Tiere, und es gab Nüsse und Kleinwild als Nahrung.

Im Osten lichtete sich der Waldstreifen bis zu einem

Einschnitt, der sich zur Prärie hin öffnete. Gegen einen Angriff zu Pferde konnten sie sich hier gut verteidigen, aber gegen das Eindringen des Feindes durch den Wald waren sie nicht ganz so gut geschützt. Dieser Makel wurde jedoch durch einen Hügel in der Nähe ausgeglichen, der ein guter Platz für einen Posten war.

Der-ohne-Kopf ritt auf diesen Hügel und war erfreut. Ein einziger Beobachter konnte das ganze Gebiet überblikken. Es würde fast unmöglich für den Feind sein, unbemerkt in den Wald einzudringen. Der-ohne-Kopf winkte schwungvoll, und die Gruppe zog auf die kleine Wiese, um Plätze für die Tipis auszuwählen.

Am nächsten Tag herrschte fast hektische Betriebsamkeit. Tipis wurden errichtet und mit trockenem Gras isoliert.

Während die Blätter der Eichen und Walnußbäume im Waldstreifen sich golden, orange und schließlich hochrot färbten, zeigte das Präriegras gedämpfte Schattierungen von Rot und Braun. Goldene und purpurfarbene Prärieblumen blühten prachtvoll.

Es war der Mond des Reifens, vom Volk manchmal auch Mond des Jägers genannt. Die Bedeutung des Monds des Jägers war etwas verringert worden, seit es die Büffeljagd mit Hirschhunden gab. Jetzt hatten beide Namen zusätzliche Wichtigkeit. Das Volk, das sonst gute Vorräte für den Winter angelegt hatte, besaß jetzt praktisch nichts. Die Schädelspalter waren gründlich gewesen. Die meisten Vorräte waren geplündert oder verbrannt worden.

Die Nächte waren kalt, die Tage warm und sonnig – trügerisch friedlich und angenehm. Jüngere Mitglieder der Stammesgruppe, einschließlich Der-ohne-Kopf, waren von Selbstzufriedenheit erfüllt, was die Älteren alarmierend fanden. Manche erinnerten sich daran, daß im späten Winter, im Mond des Hungers, Menschen verhungert waren. Es waren bereits Wildgänse auf dem Flug nach Süden zu sehen, und es würde nicht mehr lange dauern, bis der Sumach auf den Hügelhängen die Blätter verlieren und der Mond der fallenden Blätter beginnen würde.

Der Kältemacher würde von Norden kommen und Sonnenjunge und seine Fackel weit nach Süden treiben. Weißer Büffel beobachtete die Anzeichen, schüttelte seine Rasseln und tanzte seine rituellen Tänze. Der Medizinmann und andere der älteren Generation sahen dem Winter mit großer Sorge entgegen. Weißer Büffel konnte sich an keine Zeit erinnern, in der das Volk so schlecht auf den Angriff des Kältemachers vorbereitet gewesen war.

20. Kapitel

Es gab viele im Volk, die sich an die Hungerzeit in Wintern vor der Ankunft des Hirschhunds erinnerten. Diese Leute machten den Jüngeren klar, wie wichtig es war, Nahrung zu sammeln, um zu überleben. Ohne genügend Vorräte würden viele vor dem Mond des Grünens verhungern.

Es gab aber noch mehr Schwierigkeiten. Der Büffel, jetzt die Hauptnahrung des Volkes, war bereits vor dem Winter weiter südwärts gezogen, und nur kleine, verstreute Herden oder verirrte einzelne Tiere waren zurückgeblieben. Man stieß vielleicht durch Zufall auf sie, aber eine organisierte Jagd in großem Stil war sinnlos. Besonders mit so wenigen Hirschhunden, dachte Der-ohne-Kopf grimmig.

Man wandte die älteren Methoden an, und Halbwüchsige, die nie Hunger gekannt hatten, halfen beim Sammeln von Nahrungsmitteln, die von dem wohlhabenden Volk lange verschmäht worden waren. Die beerenartigen Früchte des Zürgelbaums, deren dünne, süße Schicht von Fruchtfleisch kaum die Mühe wert war, wurden von den Kindern gesammelt. Die beerenartigen Früchte wurden zu einem groben, klebrigen Brei gestampft und mit Dörrfleisch und Talg zu Pemmikan gemischt.

Es gab reichlich Nüsse in verschiedenen Sorten. Einige wurden geknackt und die Kerne in die Mixtur geknetet. Andere Nüsse wurden einfach mit Schale gelagert.

Im Wald gab es viele Eicheln, und jemand rief sich in Erinnerung, daß sie in früheren harten Zeiten als Nahrung gedient hatten. Das Geheimnis bestand darin, die bitteren Kerne so lange zu kochen, bis alle Säure ausgelaugt war. Der mehlige Überrest konnte getrocknet oder mit Dörrfleisch gemischt und gelagert werden.

Es gab auch viele Eichhörnchen. Jugendliche, die vor ein paar Monaten so kleine Jagdbeute verschmäht hatten, verbrachten jetzt viel Zeit damit, sich mit Pfeil und Bogen an Eichhörnchen anzuschleichen. Ebenso waren Kaninchen jetzt eine Ergänzung der täglichen Kost des Volkes.

Einige der Gruppe nahmen den alten Brauch wieder auf, Hunde zu essen, doch der Medizinmann versuchte, sie davon abzuhalten. Weißer Büffel hatte nichts gegen das Essen von Hundefleisch. Er genoß ein fettes Lendenstück von gebratenem Hund wie jeder.

»Aber die Hunde müssen aufgespart werden«, schalt er. »Sie können in der harten Zeit des Schnees gegessen werden.«

Einige ignorierten die Mahnung des Medizinmanns, aber die meisten stimmten ihm zu. Im Mond des Schnees würde es keine einfachere Möglichkeit geben, frisches Fleisch zu bekommen. Vielleicht gab es überhaupt keine andere Möglichkeit.

Die zuerst dürftigen Vorräte wuchsen langsam. Manchmal hatte es den Anschein, daß trotz allen Arbeitseifers der Gruppe mehr Nahrung verzehrt als angesammelt wurde. Die Masse Fleisch, die durch das Töten so großer Tiere wie der Büffel beschafft worden war, wurde jetzt bitter vermißt. Der-ohne-Kopf überlegte, ob ein kurzer Jagdausflug auf die Prärie das Problem lösen würde. Wenn ein paar Büffel gefunden werden konnten, würde das ein großer Vorteil sein.

Er sprach mit Kojote, der sehr vorsichtig war.

»Ich weiß es nicht.« Kojote schüttelte den Kopf. »Die Schädelspalter warten vielleicht nur darauf.«

Der junge Häuptling ärgerte sich über die Denkart, daß es besser war, wegzulaufen und sich zu verstecken, aber er mußte zugeben, daß sein Schwiegervater recht hatte. Er hatte schon einmal den verhängnisvollen Fehler begangen, seine Streitkraft zu teilen. Das durfte er nicht noch einmal tun. Die Sicherheit der Stammesgruppe hing von seinen Entscheidungen ab.

Die Große hatte ihre Kraft schnell wiedergewonnen. Das Baby mit den Eulenaugen, das bereits die Weisheit des Alters zu haben schien, wuchs schnell. Eule war ernster und zurückhaltender als sein lächelnder und aufgeschlossener älterer Bruder. Die großen, dunklen Augen, die so sehr denen seiner Mutter ähnelten, schienen alles zu beobachten und in sich aufzunehmen. Es war fast, als wäre sich das Baby über die Gefahren im klaren, die seine Geburt praktisch mitten im Kampf in sich geborgen hatte. Der-ohne-Kopf fragte sich, ob dies das Kind zu einem großen Krieger machen würde. Dann lächelte er vor sich hin. Seine Gedankengänge ähnelten immer mehr denen des Volkes seiner Frau. Außerdem wirkte das Baby bereits, als würde es eher ein Denker als ein Krieger werden. Wie früh sich die Persönlichkeit eines Kindes zeigt, dachte der junge Häuptling.

Er beobachtete seinen älteren Sohn Adler, der mit Pfeil und Bogen spielte. Der Junge zeigte damit zweifellos, daß er das dem Sammeln von Nüssen vorzog.

Der Blick des Häuptlings schweifte zu dem Posten auf der Hügelkuppe. Es war entschieden worden, daß ständig ein Mann dort oben beobachtete. Man hatte Gestrüpp gestapelt, das sofort angezündet werden sollte, wenn der Posten jemanden entdeckte. Bis jetzt hatte es noch keinen Alarm gegeben

Der junge Häuptling hatte ebenfalls auf dem Hügel

Wache gehalten. Das war eigentlich im Hinblick auf seinen Rang nicht notwendig, aber es gab mehrere gute Gründe dafür.

So wollte er völlig informiert sein, und das konnte er leichter erreichen, wenn er sich an der Wache beteiligte. Ihre Zahl war beschränkt, und seine Teilnahme würde den anderen Kriegern, die sich abwechselten, die Dinge erleichtern. Er sagte sich auch, daß die aktive Teilnahme ihm weiterhin den Respekt der jüngeren Krieger sichern würde.

Abgesehen von diesen Gründen wußte Der-ohne-Kopf jedoch, warum er sich zur Teilnahme an der Wache entschieden hatte. Selbst als Kadett waren ihm die langen Stunden Wachdienst nicht unangenehm gewesen. Die Zeit der Dunkelheit kurz vor der Morgendämmerung war seine liebste, wenn er Wache hielt. Er hatte Zeit zum Denken und konnte den unzähligen leisen Geräuschen der nächtlichen Prärie lauschen.

Schließlich verblaßte die Schwärze am östlichen Himmel zu fahlem Grau, ging dann in einen gelblichen Ton über, und die unvergleichliche Schönheit des Sonnenaufgangs entfaltete sich vor seinen Augen.

An einem solchen Morgen sichtete Der-ohne-Kopf etwas von Bedeutung. Es war noch nicht ganz hell, und Sonnenjunge zeigte nur die Spitze seiner Fackel über dem Rand der Erde.

Der-ohne-Kopf beobachtete, wie die Erde schläfrig zum Leben erwachte. Unterhalb von ihm im Lager begann Rauch von Kochfeuern aus dem Abzug einiger Tipis zu kräuseln.

Ein großer Reiher stand im seichten Wasser des Baches jenseits davon, hatte den Kopf zur Seite geneigt, verharrte starr wie eine Statue und wartete auf eine Bewegung im Wasser.

Ein Hund kläffte leise. Ein Mann trat aus seinem Tipi, gähnte und reckte sich und ging hinter das Tipi, um zu urinieren. Wenn man diese friedliche, idyllische Szenerie dort unten sah, würde man niemals glauben, daß binnen weniger Monate diese Stammesgruppe ums Überleben kämpfen würde. Kämpfen gegen den Kältemacher, gegen den Hunger und vielleicht gegen den Feind. Die Schädelspalter mußten jetzt über die mißliche Lage des Volks Bescheid wissen, und wahrscheinlich wußten sie ebenfalls, wo es zum Überwintern lagerte. Es hatte ihn überrascht, daß kein offener Angriff stattgefunden hatte, seit sie in diesem behelfsmäßigen Winterquartier waren.

Bei diesem Gedanken suchte er wieder einmal den Horizont ab. Plötzlich stutzte er. Da war eine Bewegung fern im Norden.

Bei einem Einschnitt zwischen zwei niedrigen Hügeln bewegte sich etwas. Er spähte einen Augenblick lang hin, bis er sich seiner Sache ganz sicher war. Die gemächliche, ungezwungene Art der Bewegung verriet ihm, daß dort Tiere auf der Prärie waren, grasende Tiere. Er dachte an Büffel, aber das Verhaltensmuster stimmte nicht. Vielleicht Pferde?

Nein, er sah es, als die großen Tiere näher herankamen und als er die Farbe erkennen konnte. Es waren weder Büffel noch Pferde, sondern Hirsche.

In einigen Gebieten waren die Hirsche so zahlreich wie die Büffel und zogen weit verstreut in Herden über die Prärie. Dies war anscheinend eine große Gruppe, die sich langsam genau auf das Lager zubewegte. Gespannt beobachtete Der-ohne-Kopf, wie die Hirsche gemächlich durch den Einschnitt in den Hügeln auf die Prärie zogen. Diese Herde konnte das Überleben des Volkes sichern.

Ein großes Problem machte ihm zu schaffen. Das Verhalten des Hirsches erlaubte keine wirkungsvolle Jagd zu Pferde. Der Hirsch war schnell und behende und würde nicht geradewegs vor einem Pferd davonlaufen wie der Büffel.

Es mußte schnell eine Jagd zu Fuß nach den alten

Methoden organisiert werden. Der Häuptling eilte den Hügel hinab zum Lager.

21. Kapitel

Die Jäger lagen versteckt im Gras zwischen Büschen am Rande von Felsen. Die Hirsche näherten sich gemächlich. Der-ohne-Kopf nahm seine Lanze und versuchte, sich für die lange Zeit des Wartens zu entspannen. Er hatte die Lanze dem Bogen vorgezogen, weil er vertrauter damit war.

Die älteren Jäger der Bogenschützen-Gemeinschaft hatten großen Spaß an der Organisation der Jagd gehabt. *Aiee*, es war wie in den alten Tagen! Schnell, aber vorsichtig hatten sich die Jäger in einer langen Bogenlinie längs der zerklüfteten felsigen Hügelkuppe verteilt. Es zählte zum Können des Jägers, vorauszusehen, in welche Richtung die Herde zog. Die Einschätzung der Bogenschützen war anscheinend gut. Die Hirsche zogen genau auf das gewünschte Gebiet zu.

Weißer Büffel hatte eine günstige Vision gehabt, doch er hatte zugegeben, daß seine Medizin beim Büffel besser war als beim Hirsch.

Die Pferde waren im Lager zurückgelassen worden. Sonderbar, dachte Der-ohne-Kopf, der sich gegen den Kalksteinfelsen duckte, das Volk hat die Pferde erst seit ein paar Jahren, aber es ist bereits Allgemeinwissen, daß der Büffel leicht zu Pferde gejagt werden kann, der Hirsch jedoch nicht. Keiner würde auch nur in Erwägung ziehen, einen der großen Hirsche zu Pferd mit der Lanze zu jagen.

Die Herde näherte sich, und Der-ohne-Kopf bemühte sich, völlig reglos zu bleiben. Eine Ameise kroch über die Spitze seines Mokassins, über den oberen Rand und auf die nackte Haut seines Knöchels. Das Kitzeln war fast unerträglich, doch er mußte reglos bleiben. Die Existenz der gesamten Hirschhund-Gruppe des Stammes hing davon ab. Die Nahrung in Form der nahenden Herde konnte im Mond des Hungers entscheidend für das Überleben sein.

Er sah jetzt Bewegung durch den dünnen Schirm von Sumach vor sich, und die Ameise war vergessen. Eine alte Hirschkuh, offenbar die Führerin der Herde, bahnte sich vorsichtig einen Weg über den flachen Hügel. Die anderen Hirsche folgten äsend.

Die Position der Jäger war sorgfältig gewählt worden, damit die leichte Brise hinter den Tieren war und auf die Männer zublies. Das würde ihre Entdeckung bis zum letzten Moment verhindern.

Aber jetzt waren die Hirsche in dem Halbkreis der Verstecke angelangt, in denen die Jäger warteten, und bei einem Windstoß konnten sie jeden Augenblick alarmiert werden. Die alte Hirschkuh schaute sich bereits nervös um, den Kopf hoch erhoben. Hinter ihr schnaubte ein Jährling nervös, und ein gewaltiger Bulle mit prächtigem Geweih hob forschend den Kopf.

Der-ohne-Kopf beobachtete so angespannt, daß er den ersten Schuß gar nicht wahrnahm. Die Jäger sollten warten, bis Großer Bogen den ersten Pfeil abschoß, und dann alle auf einmal schießen. Die Männer mit den Lanzen würden von den Seiten des Halbkreises auftauchen und versuchen, so viele Tiere wie möglich zu den Bogenschützen zurückzutreiben.

Der Jährling sank plötzlich auf die Knie und rollte auf die Seite. Der-ohne-Kopf erkannte erst, daß die Jagd angefangen hatte, als er andere fliegende Pfeile sah und die Hirsche verwirrt herumliefen. Ein zweites Tier brach zusammen.

Jäger von den Flügeln des Halbkreises sprangen vor, schrien und schwenkten Felle. Die Herde teilte sich. Einige Tiere zogen sich auf dem Weg zurück, auf dem sie gekommen waren, und die anderen rannten in den Halbkreis der Bogenschützen. Sie wurden mit einem Hagel von Pfeilen empfangen.

Die fette Hirschkuh lief fast direkt auf den Häuptling zu. Der-ohne-Kopf packte die Lanze fester zum Stoß, doch im letzten Augenblick schwenkte der Hirsch ab. Der-ohne-Kopf stieß ins Leere und konzentrierte sich auf einen großen Bullen, der an ihm vorbeidonnerte. Der Häuptling wich dem schwingenden Geweih aus und stieß von neuem mit der Lanze zu. Die Lanze wurde ihm aus der Faust gerissen, und er war waffenlos. Ein anderer Hirsch raste auf ihn zu, und der Häuptling schwenkte die Arme und schrie, um das Tier zu den Jägern zurückzuscheuchen.

Alles war sehr schnell vorüber. Drei Hirsche lagen reglos im trockenen Gras der Prärie. Einige verwundete Tier humpelten oder schwankten davon, verfolgt von den Jägern. Die Frauen trafen lachend und plappernd ein und begannen mit dem Ausweiden. Jemand reichte dem Häuptling seine Lanze. Der-ohne-Kopf wußte nicht, ob sie aus einem toten Hirsch gezogen oder von dem verletzten, flüchtenden Bullen abgefallen war.

Der Häuptling schaute sich um, zählte die erlegten Hirsche und war etwas enttäuscht. Es war gut, viel besser als nichts, aber er hatte mehr erhofft. Sie würden viel mehr Fleisch brauchen.

Der-ohne-Kopf sah einige der Jäger von der Verfolgungsjagd zurückkehren. Sie hatten keinen Erfolg gehabt. Vielleicht konnten einige verwundete Tiere zu Pferde verfolgt werden? Er winkte Langer Hirsch und Stehender Vogel.

»Laßt uns die Hirschhunde holen. Vielleicht können wir noch ein paar Hirsche töten.«

Bald waren die drei beritten und preschten in die Prärie hinaus in die Richtung, in die die Hirsche geflüchtet waren. Nicht weit entfernt fanden sie eine tote Hirschkuh, aus deren Flanke der gefiederte Schaft eines Pfeils ragte. Sie ritten weit genug zurück, um den anderen den Fund zu signalisieren, schlugen dann einen großen Kreis und suchten nach Anzeichen auf andere verwundete Hirsche.

Stehender Vogel sah als erster die Blutspritzer auf kurzem, trockenem Gras. Sie nahmen die Fährte auf und fanden oft genug Blutflecken, die ihnen den Weg anzeigten. Der verwundete Hirsch lief schnell, doch sie passierten eine Stelle, an der er eine Zeitlang gestanden und stetig Blut verloren hatte. Sie galoppierten weiter.

Sonnenjunge war aus dem Zenit gewandert, als sie den Hirsch entdeckten. Es war ein großer Bulle, und allem Anschein nach ermüdete er schnell, das war sogar aus großer Entfernung zu sehen. Die Jäger ritten in gestrecktem Galopp näher.

Der Bulle lag am Boden, als sie sich näherten, aber er sprang auf und schwankte weiter, und die drei verfolgten ihn.

Das Jagdfieber hatte sie so gepackt, daß sie eine Zeitlang blind gegen alles sonst waren. Sie bemerkten nicht, daß sie sich weit vom Rest der Stammesgruppe entfernten. Auch den Wetterwechsel nahmen sie nicht wahr. Der leichte Wind hatte sich gedreht und war zu einer starken Brise geworden. Als sie mit ihren Lanzen ihr Ziel erreichten und der Hirsch ein letztes Mal zu Boden ging, war es fast stürmisch geworden.

Die Jäger sprangen von den Pferden und sprachen über das Problem, vor dem sie standen. Sie waren weit vom Schlachttrupp entfernt und mußten sich sofort um das Fleisch kümmern.

»Mein Hirschhund wird das Fleisch tragen«, bot Stehender Vogel an. »Wir können es in Stücke schneiden und auf meinen Hirschhund laden.«

Die anderen nickten. Wenn nötig, würden sie zu Fuß gehen und die Pferde führen. Sie machten sich an die Arbeit. Der Hirsch wurde schnell ausgeweidet und der

Kopf entfernt. Es war schwieriger und zeitraubender, die Viertel zu zerlegen und die Stücke auf scheuende Pferde zu laden. Die Fackel von Sonnenjunge sank tiefer am Himmel. Schließlich waren sie fast fertig zum Aufbruch.

»*Aiee!*« rief Langer Hirsch und wies zum Horizont. »Seht!«

Am Horizont stieg eine Reihe grauer Rauchsäulen empor. Noch während sie beobachteten, wurde der Rauch dichter und dunkler und verdeckte einen großen Teil des Himmels. Nur einen Augenblick später rochen sie den beißenden Qualm. Die Prärie brannte, und der frische Südwestwind fachte die Flamme an.

»Laßt das Fleisch hier! Wir können um das Feuer herumreiten!« Der junge Häuptling begann die Stricke zu lösen.

»Nein, mein Häuptling. Das Feuer ist zu schnell!«

Der-ohne-Kopf schaute wieder hin und sah, daß der Rauch jetzt eine dichte Wand in der fernen Prärie bildete. An einigen Stellen waren bereits die lodernden Flammen zu sehen. Am schlimmsten war, daß sich die nahende Feuerfront so breit am Horizont erstreckte, daß es keine Hoffnung gab, um die Flammen herumzugelangen. Es schien kein Ende zu geben.

Ein fernes Prasseln war jetzt zu hören, und die Pferde wurden unruhig. Der Wind trieb pulvrige Asche heran, und der Brandgeruch wurde stärker. Flammenzungen leckten hoch in die Luft. An einigen Stellen loderten sie höher, als die Weiden längs des gewundenen Bachbetts waren.

Der-ohne-Kopf fragte sich flüchtig, wie das Feuer angefangen hatte, doch er verdrängte den Gedanken schnell. Jetzt ging es ums Überleben. Er hielt Ausschau nach einem Gewässer, nach einem Hügel mit wenig oder keinem Gras oder einem steilen Felsenhügel, der das Inferno stoppen würde, sah aber nichts in dieser Art. Beunruhigt wandte er sich an seine Gefährten.

Stehender Vogel hatte Mühe, die erschreckten Pferde zu

halten. Langer Hirsch wirkte jedoch so ruhig, als drohe überhaupt keine Gefahr. Er hockte gelassen im Gras und schabte mit seinem Feuersteinmesser an Blattstieben.

Der-ohne-Kopf wußte nicht, ob er er lachen oder ärgerlich sein sollte. Hatte der junge Mann den Verstand verloren? Der Häuptling wollte ihn fragen, besann sich dann jedoch anders. Langer Hirsch war ein hochintelligenter junger Mann, der es in der Praxis mit seinem Vater Kojote aufnehmen konnte. Vielleicht hatte er einen Grund für sein merkwürdiges Verhalten.

Die Stiele stammten von einem Yucca in der Nähe, die trockenen, markigen Überreste von alten Blüten. Einen Stiel hatte er abgeflacht, und den anderen an jedem Ende angespitzt wie eine Spindel. Machte Langer Hirsch vielleicht Späne, um damit ein Feuer in Gang zu bringen? Die Gedanken des jungen Häuptlings jagten sich. Gab es irgendeine Medizin des Volkes, wie man ein Feuer mit diesen Mitteln *stoppte*? Es überraschte ihn nichts mehr bei den Methoden seiner Gefährten.

Der-ohne-Kopf schaute fasziniert zu, während Langer Hirsch einen dicken grünen Stock von einem Busch in der Nähe schnitt und daran schnitzte. Der Häuptling blickte besorgt zu der Feuerwand, die sich schnell näherte. Was auch immer Langer Hirsch bezweckte, es würde wirkungsvoll sein müssen. Die Pferde scheuten, zerrten an den Zügeln und rollten mit den Augen.

Langer Hirsch band jetzt ruhig seinen Lendenschurz ab und legte ihn auf den Boden. Den Lederriemen benutzte er als Bogensehne für seinen grünen Stock. Ja, dachte Der-ohne-Kopf, er macht einen Feuerbogen! Langer Hirsch wand ein Stück des Lederriemens um die Spindel und drückte das angespitzte Ende in eine Vertiefung des anderen Yuccastiels. Ein Stein mit einer natürlichen Aushöhlung paßte genau über das obere Ende der Spindel.

Der-ohne-Kopf hatte seit seiner Ankunft beim Volk oftmals gesehen, wie Feuer entfacht wurde, aber niemals war es unter so spannungsgeladenen Umständen geschehen. Langer Hirsch hockte sich hin und drehte die Spindel zur Probe ein paarmal; dann begann er ernsthaft damit, den Bogen hin und her zu bewegen.

Nach den ersten Drehungen stieg weißer Rauch von den Feuerstöcken auf, dann entstand ein Häufchen braun verkohlten Pulvers bei der Spitze der Spindel und wuchs. Weiteres Drehen, und das winzige Häufchen geriebenen Pulvers schien zu glühen. Als Langer Hirsch das sah, ließ er die Stiele fallen und begann auf den glühenden Funken zu blasen. Schließlich legte er ihn auf ein dünnes, trockenes Gras und blies leicht von unten. Plötzlich schlug aus dem Gras eine Flamme, und Langer Hirsch schob das brennende Knäuel schnell gegen trockenes Gras, das neben ihm lag.

Angefacht vom Wind leckten die Flammen über die zundertrockene Vegetation. Binnen Sekunden breitete sich das Feuer mit dem Wind aus und wurde breiter.

Langer Hirsch erhob sich, band den Lederriemen vom Feuerbogen ab und zog seinen Lendenschurz an. Er warf die Stiele weg und nahm von Stehender Vogel die Zügel seines Pferdes entgegen. Dann führte er das Tier zu der Fläche, wo sein Feuer, dessen heißer vorderer Rand bereits den gegenüberliegenden Hügel hinaufraste, jetzt erloschen war. Er wich vorsichtig einigen noch züngelnden Flammen aus und führte sein Pferd auf den kahlen und geschwärzten Boden.

»Kommt«, sagte er. »Wir können jetzt gehen.«

22. Kapitel

Die drei Jäger führten ihre unruhigen Pferde vorsichtig über den warmen und noch rauchenden Boden. Nach ein paar hundert Schritten blieb Langer Hirsch stehen, und sie wandten sich um und beobachteten die Feuerwand. Die Dunkelheit brach herein, und angesichts des gespenstischen gelben Lichts der flackernden Flammen dachte Der-ohne-Kopf an Geschichten vom Höllenfeuer, die er in seiner Kindheit gehört hatte.

Das Feuer näherte sich, und das Prasseln wurde zu einem Tosen, das anschwoll. Ein paar Kaninchen flüchteten in Panik an ihnen vorbei in die Dämmerung. Trotz der Distanz spürten die Männer die Hitze der Flammen. Für den jungen Häuptling, der zum ersten Mal die schreckliche Macht eines Präriefeuers erlebte, hatte es den Anschein, als wäre es lebendig, ein feindseliges, böses Monster, das sie vernichten wollte.

Die Feuerwand schien sich auf die drei Männer zu konzentrieren und nahm an Intensität zu, als sie sich der Stelle näherte, die sie vor kurzem verlassen hatten. Eine schreckliche Flammenwand ragte einen Moment scheinbar über ihnen auf, bis ihre volle Kraft gegen den Saum des Gegenfeuers prallte, das von Langer Hirsch angezündet worden war. Dann fiel die Feuerwand zurück, teilte sich und fraß sich nach rechts und links von ihnen fort.

Hitze und Tosen ließen in der Ferne nach, während die drei Männer hustend im Rauch standen und sich über die tränenden Augen wischten. Die Pferde beruhigten sich allmählich. Die Luft wurde klarer, und gelegentlich war ein Stück Himmel durch einen Riß im Rauchvorhang über ihnen zu sehen.

»Wir sollten warten, bis wir im Sternenschein den Weg finden« schlug Langer Hirsch vor.

Ruhig hockte er sich hin und entspannte sich.

Es war völlig dunkel, als der Rauch abgezogen war. Der Wind hatte nachgelassen. Die drei Männer konnten in der Ferne die lange Linie des Feuers sehen, das sich wie eine Schlange über die gewellte Prärie wand.

Sie hatten während der Zeit des Wartens wenig gesprochen, weil der Rauch zum Husten reizte. Jeder hatte jedoch viel über das gleiche Thema nachgedacht, über das Lager und die Familie.

Es gab wenig Zweifel, daß die anderen dem Präriefeuer entkommen konnten. Die Schlachtgruppe war nahe genug beim Lager gewesen, um sich dorthin zurückzuziehen. Das Dorf selbst war durch den Kreis von niedergetrampeltem und abgeweidetem Gras geschützt. Kleinere Feuer konnten leicht ausgetreten oder ausgeschlagen werden, und notfalls konnte man Gegenfeuer gezünden.

Die wirklich quälende Sorge der drei Männer war die gleiche: War das Lager angegriffen worden? Offenbar hatte jemand die Prärie angezündet. Ein Präriefeuer konnte auch vom Blitz ausgelöst werden, aber es hatte kein Gewitter gegeben. Folglich mußte die Prärie von Menschenhand angezündet worden sein.

Und wem würde das Präriefeuer nützen? Im Mond des Grünens brannte das Volk oftmals das Gras vom vergangenen Jahr ab, um den Wuchs des neuen Grases zu beschleunigen und den Büffel auf das üppige Grün zu locken. Der Medizinmann wählte sorgfältig den Zeitpunkt der Zeremonie und überwachte sie. Aber dies war die völlig falsche Jahreszeit. Keiner vom Volk konnte von der verbrannten Prärie profitieren.

Deshalb mußte zwangsläufig gefolgert werden, daß die Schädelspalter die Prärie in Brand gesteckt hatten. War es ein Ablenkungsmanöver, damit sie angreifen konnten?

Die drei Männer begannen über die Frage zu diskutieren und stellten fest, daß sie alle die gleichen Befürchtungen hatten. Sie mußten schnell zurückkehren.

Der Himmel war immer noch von einem Rauchschleier vernebelt, aber die Sterne waren jetzt sichtbar, und die drei Männer orientierten sich an den Sieben Jägern und dem Oberstern. Langer Hirsch bestimmte die allgemeine Richtung und ging mit seinem Hirschhund voraus. Die anderen folgten.

Die geschwärzte Welt ringsum hatte etwas Unheimliches. Hier und da züngelte noch ein Flämmchen. Gelegentlich schwelte Büffelkot, und geisterhaft weißer Rauch kräuselte über dem verkohlten schwarzen Boden.

Nach einer scheinbaren Ewigkeit gelangten sie auf eine Hügelkuppe, von der aus sie den Lagerplatz sehen konnten. Zu ihrer großen Erleichterung wirkte alles ruhig. Das schwache rote Glühen von Kochfeuern in den Tipis war ein beruhigender und tröstlicher Anblick. Das Lager war nicht angegriffen worden.

Sie eilten weiter und stießen einen langen Schrei aus, als sie sich näherten, um sicherzugehen, daß man sie nicht irrtümlich für Feinde hielt.

Das Volk hatte es geschafft, das Präriefeuer umzuleiten. Sie hatten einen Platz gewählt, der ein paar hundert Schritte vom Lager entfernt war und wo das Gelände ihnen helfen würde. Ein kleines, felsiges Bachbett, das ausgetrocknet war, hatte als Ausgangsort für das Gegenfeuer gedient. Eine glückliche Drehung des Windes und der richtige Augenblick hatten geholfen. Das Volk hatte wenig Mühe gehabt, einige abirrende Flammen auszuschlagen, und die Hauptmacht des Feuers war nach Westen gebraust.

Jeder jubelte bei dem erfolgreichen Manöver. Weißer Büffel rechnete sich natürlich bescheiden das Verdienst an, daß sich der Wind gedreht hatte. Das Gras beim Lager, das in den kommenden Monaten für die Hirschhunde gebraucht wurde, war gerettet worden.

Man hatte sich natürlich Sorgen wegen der drei fehlenden Jäger gemacht. Es war nicht nur die Sorge, ob sie dem Feuer entkommen konnten, sondern auch die Befürchtung, daß der Feind angreifen würde.

Der-ohne-Kopf umarmte seine Frau, die über sein geschwärztes Gesicht lachte. Ihre Besorgnis war jedoch offenkundig.

»Hast du Schädelspalter gesehen, mein Mann?« fragte sie und streichelte über seine Wange.

Der-ohne-Kopf schüttelte den Kopf. »Nein. Und kam auch keiner hierher?«

Er gab ihr die Zügel und hob die Bündel Fleisch vom Rücken der Stute. Die-mit-den-großen-Füßen scheuchte die Hunde fort und kümmerte sich um das Fleisch; Die Große half ihr bei der Arbeit.

Der-ohne-Kopf führt die Stute zum Bach, um sie zu tränken. Kojote begleitete ihn und ging eine Zeitlang schweigend an seiner Seite. Schließlich sprach der junge Häuptling.

»Was bedeutet das, Kojote? Warum haben sie die Prärie angezündet?«

Kojote zuckte die Achseln. »Wer weiß, warum Schädelspalter tun, was sie tun?«

»Aber dies wäre der richtige Zeitpunkt für einen Angriff der Schädelspalter gewesen!«

Kojote nickte. »Sie würden nur auf einen Angriff verzichten, wenn sie nicht genug Männer haben.«

Langsam begann die Sache einen Sinn zu ergeben. Offenbar hatten die Schädelspalter die ganze Zeit gewußt, wo die Stammesgruppe kampierte, um zu überwintern. Bis jetzt hatten sie einen offenen Angriff vermieden. Seit dem Großen Kampf hatte der Feind keinen offenen Angriff mehr gewagt.

Aber jetzt hatten die Schädelspalter eine Gelegenheit. Eine geschwächte Gruppe des Volks, isoliert und mit wenig Vorräten, konnte beobachtet und zum richtigen Zeitpunkt angegriffen werden. Es war unmöglich, eine große Streitmacht in der Nähe zur Beobachtung zu halten, aber ein oder zwei Späher konnten leicht auskundschaften und die Aktionen des Volkes melden.

Die feindlichen Späher hatten das Volk verstreut auf der Prärie bei der Hirschjagd gesehen und nicht der Gelegenheit widerstehen können, es mit dem Feuer in Verlegenheit zu bringen. Es fehlte die Stärke zu einem Angriff, aber sie konnten das Volk in Schwierigkeiten bringen.

Mit dieser Erkenntnis kam die Angst. Der-ohne-Kopf sah keine Möglichkeit, wie die Gruppe weiterziehen sollte. Sie würde ständig beobachtet werden. Weil immer mit einem Angriff gerechnet werden mußte, konnte das Volk nicht wagen, dieses Lager zu verlassen. Selbst Jagdtrupps mußten mit Angriffen des Feindes rechnen.

Die Schlinge zog sich langsam, aber sicher um die Hirschhund-Gruppe zu. Sie hatten heute Glück gehabt. Bei der nächsten Begegnung verloren sie vielleicht einen oder zwei Krieger. Ein Posten konnte sich unvorsichtig verhalten und durch einen Pfeil aus der Dunkelheit getötet werden.

Der-ohne-Kopf war jetzt fast in der Lage, die Gedanken des Feindes nachvollziehen. Die Schädelspalter wollten nicht das Risiko eines Frontalangriffs eingehen, aber sie würden das Volk zermürben, schwächen und aushungern, bis der richtige Zeitpunkt für einen Angriff gekommen war.

Er dachte an eine Szene, die er einst auf der Prärie gesehen hatte. Wölfe hatten einen alten Büffelbullen umzingelt. Einst hätte der Bulle mit seiner Kraft verhindert, daß sie einen Angriff in Betracht zogen. Jetzt war er alt und schwach, seine Reflexe waren langsamer, und er war den Wölfen ausgeliefert. Erst sprang ein Wolf ihn an, dann ein anderer, um ihn zu quälen und nach den Flanken des alten Monarchen zu schnappen. Er wirbelte bei jedem Angriff herum, doch dann wurde er von der anderen Seite angegriffen. Es war nur eine Frage der Zeit, wann der Bulle verloren sein würde.

Der-ohne-Kopf hatte in einer sentimentalen Geste die Wölfe mit seiner Lanze vertrieben, aber es war ihm klar gewesen, daß sie zurückkehren würden.

Jetzt fühlte er sich mit dem alten Bullen seelenverwandt. Die Hirschhund-Gruppe des Volkes war in einer sehr ähnlichen Lage. Sie mochte die kleineren Angriffe zurückschlagen, dem Präriefeuer entkommen und vielleicht sogar den Winter überstehen, ohne zu verhungern. Doch schließlich würde der letzte, für das Volk tödliche Angriff kommen.

Der-ohne-Kopf war überzeugt, daß es so enden würde; früher oder später konnten sie vernichtet werden. Es war höchst unwahrscheinlich, daß sie jemals wieder von dem Platz wegziehen würden, an dem sie jetzt überwinterten.

23. Kapitel

In den Tagen nach dem Präriefeuer fühlte sich das Volk entspannter und glücklich. Das Wetter war ungewöhnlich schön. Die Fackel von Sonnenjunge war warm, und als sich die Blätter färbten und langsam zu Boden flatterten, hatte es den Anschein, daß alles gut für das Volk wäre.

Viel Hirschfleisch war verwertet worden, und die Frauen bereiteten es fleißig für die Lagerung vor. Die Häute der Hirsche mußten bearbeitet und gegerbt werden. Es war eine tröstliche Rückkehr zu einem gewissen Anschein von Normalität.

Dennoch war Der-ohne-Kopf besorgt, und Kojote und Weißer Büffel teilten seine Besorgnis. Das Volk war viel zu selbstzufrieden. Es gab nicht genug Nahrung für die Wintermonate, und obwohl vielen das klar war, nahmen sie es anscheinend auf die leichte Schulter. Der Überfluß in den vergangenen paar Wintern hatte das Volk eingelullt und selbstgefällig werden lassen. Nur die älteren Mitglieder der Stammesgruppe erinnerten sich an harte Zeiten und Hunger. Die Jüngeren erwarteten anscheinend, daß irgend etwas ohne Mühe ihrerseits Hilfe bringen würde.

Der junge Häuptling hatte jedoch eine noch größere Sorge. Es war ihm jetzt klar, daß die Hirschhund-Gruppe beobachtet wurde. Die Schädelspalter überwachten sie vielleicht nicht ständig, aber es war ein unbehagliches

Gefühl zu wissen, daß sie irgendwo dort draußen umherschlichen und warteten. Das Volk konnte nie wissen, ob es beobachtet wurde oder nicht. Aber das war ziemlich einerlei. Früher oder später würde der Angriff kommen. Der-ohne-Kopf neigte zu der Annahme, daß der Feind bis zum Mond des Grünens warten wollte, bis das Volk durch den Hunger weiter geschwächt sein würde. Das Frühjahr war für die Schädelspalter ein bevorzugter Zeitpunkt für Überfälle. Im Frühling wurden die jungen Krieger unruhig.

Der-ohne-Kopf war also überzeugt davon, daß der Hauptangriff im Frühjahr erfolgen würde. Unterdessen konnte der Feind von Zeit zu Zeit zeigen, daß er da war, um zu verhindern, daß das Volk sich frei bewegte und jagte.

Es gab zwei Probleme. Das eine Problem, wie der Winter überlebt werden konnte, stand unmittelbar bevor, aber es war noch etwas anderes nötig. Es mußte ein Plan zur Verteidigung des Lagers entwickelt werden. Der-ohne-Kopf betrachtete die Beschaffenheit des Geländes von der Hügelkuppe aus. Er dachte an sein Studium auf der Militärakademie zurück, das jetzt so lange her war. Als Kadett Juan Garcia war er in Verteidigungsstrategien geschult worden, aber er war nie ein guter Student gewesen. Er dachte an römische Verteidigungsanlagen, an Mauern, Barrikaden und Befestigungen. In der Bücherei der Akademie hatte es in einigen Büchern Abbildungen davon gegeben.

Aber das Volk hatte weder die Kenntnisse noch die Ausrüstung für solche Arbeiten. Es konnte allenfalls dürftige Barrieren aus Gestrüpp um die Tipis errichten. Das war in vielen Generationen gemacht worden, um die Kraft des Windes zu brechen und den Schnee abzuhalten.

Der-ohne-Kopf sah, daß solch eine Barrikade nützlich in dem Einschnitt sein konnte, wo sich die Wiese in die Prärie öffnete. Dort würde der Angriff durch herangaloppierende Reiter erfolgen, und jede Barriere, die den Ansturm verlangsamte, konnte helfen. Er stellte sich solch eine

Gestrüppbarriere vor, während er das Gebiet unterhalb des Hügels betrachtete. Ja, eine Barrikade würde den Angriff verlangsamen. Pferde würden die Hürde im Sprung bewältigen müssen, und Reiter mußten sich einen Augenblick lang völlig auf ihre Pferde konzentrieren. Wenn er doch hundert Lanzenkämpfer hätte, die sich hinter einer solchen Barriere verstecken konnten! Mit einer gut verteilten Streitmacht könnte es dann den Feind dezimieren.

Der junge Häuptling seufzte. Er hatte keine Abteilung Lanzenkämpfer. Er hatte nur die kleine Schar Krieger. Die älteren Krieger mit Erfahrung waren Bogenschützen. Sie wurden gebraucht, um die Flanken gegen den Feind zu verteidigen, der zu Fuß versuchen würde, durch den Wald vorzudringen.

Die paar erfahrenen Lanzenkämpfer waren junge Männer der Hirschhund-Gemeinschaft, die nicht den Rebellen gefolgt waren. In der Enge des Dorfes würden sie wenig Gelegenheit haben, einen Gegenangriff zu Pferde durchzuführen. Vielleicht mußten auch diese Krieger zu Fuß kämpfen.

Aiee, wenn sie Hunderte von Händepaaren hätten, um nur die Lanzen zu halten! Langsam nahm eine Idee Gestalt an, geboren aus Verzweiflung. Ja, es konnte vielleicht klappen! Der-ohne-Kopf eilte den Hügel hinab, um seinen Plan Kojote zu erklären.

Am nächsten Tag begann das Volk in hektischer Betriebsamkeit, Gestrüpp für die Barrikade zu schneiden und herauszureißen. Der-ohne-Kopf konnte sich vorstellen, daß die unsichtbaren Späher des Feindes über die nutzlosen Bemühungen der Gruppe kicherten, die dem Untergang geweiht war. Solch eine dürftige Barriere konnte von angreifenden Reitern leicht übersprungen oder sogar einfach durchbrochen werden.

Der-ohne-Kopf überwachte die Arbeit an der Barriere persönlich. Er wollte verhindern, daß sie zu hoch oder zu breit wurde. Die Barrikade mußte die übertrieben selbstbewußten feindlichen Krieger förmlich einladen, darüberzusetzen. Darin lag der mögliche Erfolg des Plans.

Hinter der Gestrüppbarriere war eine tödliche Überraschung versteckt. Angespitzte Pfähle, durch Gestrüpp getarnt, ragten schräg aus dem Boden dem Feind entgegen. Dutzende dieser behelfsmäßigen Lanzen in unterschiedlichen Höhen wurden hinter der Barriere versteckt und bildeten eine fast so wirkungsvolle Verteidigungslinie wie die Abteilung Lanzenkämpfer, die der Häuptling sich gewünscht hatte. Vielleicht sogar eine bessere. Dieser Plan hatte zusätzlich das Element der Überraschung für sich, und Der-ohne-Kopf wurde wieder zuversichtlich.

Bald kam die Nacht, in der das Lager von Kältemacher angegriffen wurde. Eisregen prasselte auf die Tipis und rief das Trommeln hervor, das dem Häuptling vertraut geworden war, seit er sich dem Volk angeschlossen hatte. Die Klappen der Rauchabzüge wurden fest geschlossen, und die Hirschhund-Gruppe wartete in ihren Tipis auf das Ende des Sturms.

Am nächsten Morgen bedeckten Eiskristalle die Bäume und Büsche und das Gras der Prärie. Die paar verbliebenen Blätter fielen schnell von den Bäumen längs des Baches, nur die majestätischen Eichen im Waldstreifen behielten die Blätter länger. Die Eichenblätter hatten zuvor einen rötlichen Schimmer angenommen, und nun starben sie ab, kräuselten sich und wurden braun, aber sie würden am Baum bleiben, bis sie im Mond des Grünens durch neuen Wuchs abgelöst wurden.

Diese Eigenschaft der Eichen war wichtig für das Volk, denn so boten die Bäume Schutz. Nicht Schutz für das Volk, sondern für Wild, das gelegentlich den Weg in dieses Gebiet fand. Das bedeutete mögliche Nahrung für die mageren Monate.

Das Volk setzte die Vorbereitungen für den Winter fort und verdrängte optimistisch Gedanken an den kommenden Kampf.

Ihre mißliche Lage wurde ihnen scharf in Erinnerung gerufen, als an einem kalten Nachmittag zwei kleine Kinder schreiend aus dem Wald rannten, in dem sie Brennholz gesammelt hatten. Krieger griffen zu den Waffen und hetzten zu den Kindern, um sie zu verteidigen, doch sie fanden keinen Feind.

Die Kinder beteuerten, daß sie einem schwerbewaffneten Schädelspalter begegnet seien. Der Mann war mit einer schrecklichen Grimasse auf sie zugesprungen, und sie hatten ihr Brennholz fallen gelassen und waren geflüchtet.

Es gab einige im Volk, die der Geschichte keinen Glauben schenkten. Ihrer Ansicht nach hatten die Kinder eine lebhafte Phantasie und waren im dunklen Wald von einem Schatten oder von Wild erschreckt worden.

»Was meinst du?« fragte der junge Häuptling seinen Schwiegervater unter vier Augen.

Kojote zögerte mit der Antwort. »Ich befürchte, daß sie tatsächlich einen Schädelspalter sahen.«

Der-ohne-Kopf nickte. Das paßte zu seinen Gedanken über die Taktik des Feindes. Die Schädelspalter würden sich gerade oft genug zeigen, um das Volk in Angst und unter Anspannung zu halten. Das Volk war nicht in der Lage, den Feind zu verfolgen oder eine Jagd außerhalb des Lagers zu organisieren. Dieser Zwischenfall war eine klare Botschaft. Selbst der Wald war nicht sicher. Die Schlinge zog sich fester zu.

Der-ohne-Kopf hatte wieder das Gefühl, in seiner Verantwortung für das Volk seiner Frau versagt zu haben. Er fragte sich, was man beim Sonnentanz im nächsten Jahr sagen würde. Sollte es beim Großen Rat im Kreis der Häuptlinge einen leeren Platz geben?

24. Kapitel

Der Winter war nicht übermäßig streng, aber auch nicht mild. Es gab einige Stürme, wenn Kältemacher über die Prärie brüllte und sein dickes Fell aus Schnee hinter sich ausbreitete. Sonnenjunge war weit nach Süden zurückgetrieben worden, aber er kämpfte jedesmal gegen Kältemacher an. Die Strahlen seiner Fackel wärmten und schmolzen den Schnee, und nach ein paar Tagen konnte man sich wieder im Lager bewegen.

Zu dieser Zeit drohte keine Gefahr eines Angriffs. Es war viel zu gefährlich, durch das winterliche Gebiet zu ziehen. Die Schädelspalter würden es nicht riskieren, sich im offenen Gelände einem Angriff des launischen Kältemachers auszusetzen. Außerdem weiß der Feind, daß wir nirgendwohin können, dachte Der-ohne-Kopf grimmig. Seine verkleinerte Gruppe hatte keine Alternative. Sie mußten versuchen, mit dem dürftigen Vorrat an Nahrung auszukommen und auf den Angriff zu warten.

Eine alte Frau brach anscheinend unter der Anspannung zusammen. Es war ein grauer Nachmittag, und Kältemachers dunkle Wolken zogen bedrohlich von Nordwesten heran. Weiche Schneeflocken fielen bereits, und das Volk sammelte eilig die letzten paar Stücke Brennholz und Büffelkot für die Kochfeuer, bevor es sich in die Tipis zurückzog.

Drei Kinder rannten zwischen den Bäumen hervor, die den Bach säumten.

»Kaninchenfrau geht in die Prärie hinaus!«

Die Frau hatte mit den Kindern Brennholz gesammelt und war weiter bachabwärts gegangen. Plötzlich war sie stehengeblieben, hatte ihr Brennholz auf den Boden gelegt und war singend fortgegangen.

»Zeigt uns, wo das war«, sagte Der-ohne-Kopf.

Die Kinder führten eine Gruppe Krieger und besorgte Verwandte der Frau zu der Stelle.

Ein dürftiger Stapel Brennholz lag auf dem Boden neben dem Stamm einer gewaltigen alten Pappel. Die Sucher spähten in das Schneegestöber, konnten jedoch keine Gestalt entdecken. Der Wind wurde stärker, und der Schnee fiel dichter. Es kam nicht in Frage, eine Suche zu organisieren, denn die Dunkelheit nahte, und Kältemacher brüllte und gierte nach Opfern.

Kojote wandte sich an die Kinder, die mit großen Augen furchtsam in das Schneetreiben spähten.

»Was hat Kaninchenfrau gesungen?«

»Es klang wie das Todeslied, Onkel.«

Kojote nickte und legte tröstend eine Hand auf die Schulter des kleinen Mädchens. Der-ohne-Kopf dachte an den Text des Todeslieds.

»Das Gras und der Himmel bleiben immer,
aber heute ist ein guter Tag zum Sterben.«

Das klagende Lied wurde selten gesungen, nur wenn man spürte, daß der Tod nahe bevorstand. Gelegentlich sang es ein Krieger im Kampf als Hinweis darauf, daß er bis zum Tod kämpfen wollte. Der-ohne-Kopf fand es merkwürdig, daß eine alte Frau zu dieser Zeit das Todeslied sang.

»Kommt«, sagte Kojote, »laßt uns heimgehen.«

Die kleine Gruppe wandte sich betrübt um.

»Nehmt das Brennholz mit«, sagte Kojote zu den Kindern. Sie teilten das Brennholz auf, und jeder trug auf dem Weg zum Lager ein kleines Bündel. Der-ohne-Kopf ging neben Kojote.

»Kaninchenfrau wurde verrückt vor Sorgen, Onkel?«

Kojote schaute den jungen Häuptling scharf an, sprach dann jedoch freundlich.

»Nein, mein Häuptling. Es ist ein alter Brauch des Volkes. Kaninchenfrau schenkt sich der Prärie, damit es mehr Nahrung für die Jungen geben wird.«

Sie gingen schweigend weiter. Der-ohne-Kopf begann

jetzt zu verstehen, warum die alte Frau des Todeslied gesungen hatte. Es war ihre Art, für das Überleben des Volkes zu kämpfen. Wie ein Krieger es sang, während er sein Leben bei der Verteidigung seines Stammes opferte, war Kaninchenfrau stolz und singend in den Tod gegangen.

»Das Gras und der Himmel bleiben immer,
aber heute ist ein guter Tag zum Sterben.«

Sie hatte das letzte Opfer für ihr Volk gebracht. Der-ohne-Kopf würde in den folgenden Monaten oft an den Beitrag dieser tapferen Frau denken.

Als die Nahrung knapper wurde, fühlte sich das Volk müder und schwächer. Die besten verfügbaren Nahrungsmittel wurden den Kindern zugeteilt. Das war die Art und Weise des Volkes, wie Der-ohne-Kopf gelernt hatte. Die jüngere Generation, die Hoffnung der Zukunft, mußte um jeden Preis erhalten werden.

Schließlich schrumpften die Vorräte, bis die meisten im Lager gezwungen waren, die Hunde zu schlachten. Früher hatte Der-ohne-Kopf geglaubt, niemals so großen Hunger haben zu können, daß er Hundefleisch essen würde. Jetzt fand er es ganz annehmbar.

Als der Mond des Schnees zu Ende ging, wurden sogar Hunde knapp. Der Mond des Hungers versprach seinem Namen gerecht zu werden. Verbliebene Vorräte wurden sorgfältig gehortet, damit man sie verteilen konnte, wie es nötig war. Einige Familien, die weniger sparsam mit dem Verzehr ihrer Vorräte gewesen waren, begannen zu leiden.

Gelegentlich war die verzweifelte Lage durch Wild gemildert worden, wenn ein einsames Tier in dem Gebiet nach einem Platz zum Überwintern gesucht hatte. Im Mond des Hungers waren jedoch keine Tiere mehr unterwegs. Es war sehr unwahrscheinlich, an weiteres Wild heranzukommen.

Tierteile, die sonst weggeworfen oder den Hunden überlassen wurden, waren jetzt begehrte Nahrung. Dünne, wässrige Suppen, gekocht aus Haut und Innereien, füllten wenigstens für kurze Zeit die Mägen.

Die Lage wurde immer verzweifelter. Es gab kaum noch genug Hunde, um die Fortpflanzung zu sichern, obwohl die Möglichkeit, daß die Hirschhund-Gruppe noch eine Zukunft hatte, die solchen Weitblick erforderte, sehr gering war.

»Mein Mann, wir müssen die Hirschhunde essen«, flüsterte Die Große eines Nachts, als sie sich in ihren Fellen auf dem Schlaflager aneinanderschmiegten und sich gegenseitig wärmten. Die Große hatte die Kinder nach einer sehr dürftigen Mahlzeit mit unter die Felle genommen. Eule bekam natürlich noch die Brust, aber Die Große befürchtete, daß ihre Milch abnahm. Der-ohne-Kopf hatte besonders auf ihre Ernährung geachtet und Möglichkeiten ersonnen, ihr einen Teil seines eigenen Essens zu geben. Die Große hatte sich darüber gefreut, doch es reichte nicht. Sie wußte, daß sie rapide abnahm. Eule weinte und wollte mehr, wenn sie ihm alle Milch gegeben hatte, die ihr unterernährter Körper produzieren konnte.

Der-ohne-Kopf drückte sie fest an sich.

»Ich weiß.« Er haßte die Entscheidung. Es widerstrebte ihm nicht nur von seiner Erziehung her, Pferdefleisch zu essen, sondern es mußte auch noch anderes in Betracht gezogen werfen.

Die großen Veränderungen in der Kultur des Volkes, die in so kurzer Zeit stattgefunden hatten, waren völlig auf die Benutzung des Pferdes zurückzuführen. Der Hirschhund hatte so viele Vorteile ermöglicht, daß es fraglich war, ob das Volk zu der alten Lebensweise zurückkehren konnte.

Angenommen, sie verzehrten die Hirschhunde, um den Winter zu überleben. Und weiterhin angenommen, sie überstanden durch irgendein Wunder den Angriff der Schädelspalter im Monat des Grünens. Wie konnten sie dann ohne Hirschhunde jagen? Und, genauso wichtig, wenn sie die Hirschhunde gegessen hatten, würde es keine Möglichkeit geben, die Tiere zu ersetzen. Einige Zuchttiere mußten um jeden Preis erhalten bleiben.

Die Entscheidung mußte jedoch im Grunde im Hinblick auf ihr Überleben von Tag zu Tag getroffen werden. Ein Rat wurde einberufen, und man diskutierte über die Sache. Es wurde beschlossen, daß jeweils ein Tier geopfert werden sollte, wenn es nötig war. Zuerst die Wallache, die sich nicht fortpflanzen konnten. Der-ohne-Kopf hatte die schwache Hoffnung, daß etwas geschehen würde, wodurch die Stuten und die Fohlen, die sie tragen mochten, gerettet werden konnten, bevor alle kastrierten Tiere verzehrt waren.

Das erste der Pferde wurde am nächsten Morgen geschlachtet. Wenigstens für einige Zeit würden die Mägen gefüllt sein, und die Kinder würden in der Nacht nicht vor Hunger schreien. Wenn diese Nahrung aufgebraucht war, würde das nächste Pferd geopfert werden.

Es waren jedoch erst zwei Hirschhunde geschlachtet, als Ereignisse von überragender Bedeutung die Lage völlig veränderten.

25. Kapitel

Der Tag des Angriffs kam, wie es das Volk gewußt hatte. Der Posten auf dem Hügel entdeckte das Nahen des Feindes. Er stieß einen langgezogenen Schrei aus und zündete das Signalfeuer als Warnung für alle an, bevor er sich zum Lager zurückzog.

Es war ein großer Trupp Schädelspalter, zahlenmäßig mehr, als drei Männer Finger und Zehen hatten. Sie paradierten arrogant, ließen ihre Hirschhunde im Kreis tänzeln und täuschten auf der Prärie jenseits der Gestrüppbarrikade einen Angriff vor.

Aber es gab keinen richtigen Angriff. Alle Manöver endeten jenseits der Reichweite eines weiten Bogenschusses. Die Schädelspalter verbrachten den größten Teil des Tages damit, sich und ihre Stärke zu zeigen,und dann schlugen sie ruhig ein Lager ein paar hundert Schritt bachabwärts auf.

Der-ohne-Kopf war von ohnmächtigem Zorn erfüllt. Er spielte kurz mit dem Gedanken an einen Ausfall nach Einbruch der Dunkelheit, doch er verwarf die Idee schnell. Es hatte keinen Sinn, das Leben auch nur eines Kriegers aufs Spiel zu setzen. Alle würden bei dem letzten Angriff gebraucht werden.

Das Volk stellte Posten im Wald auf, um zu verhindern, daß Eindringlinge zu Fuß einen Überraschungsangriff machten, und begab sich zur Ruhe. Der-ohne-Kopf schlief wenig. Sie konnten nur warten. Die Lage war hoffnungslos, und Der-ohne-Kopf gab sich die Schuld. Er hatte das Gefühl, als Führer versagt zu haben. Warum hatte er jemals zugestimmt, das Amt des Häuptlings zu übernehmen?

Der Angriff erfolgte kurz nach dem Morgengrauen. Der Feind hatte arrogant und höhnisch einen Scheinangriff durchgeführt, als plötzlich so etwas wie eine Formation aus dem Durcheinander wurde. Anscheinend auf ein schrilles Signal hin zog jeder Schädelspalter sein Pferd herum. Der Boden erbebte unter dem Donnern hunderter Pferdehufe, als der Trupp auf das schlecht ausgerüstete Volk zupreschte.

Männer der Hirschhund-Gruppe griffen zu den Waffen und rannten auf die dürftige Barrikade zu.

»Beobachtet den Wald!« rief Der-ohne-Kopf. Dies konnte ein Ablenkungsangriff sein.

Der Trupp der schreienden Krieger donnerte weiterhin auf das Lager zu, und ihr schrilles »*yip-yip-yip*« schwoll an. Jetzt waren sie fast auf Bogenschußweite heran. Ein paar nervöse Verteidiger schossen mit Pfeilen, doch die Distanz war noch zu groß.

Plötzlich schwenkte der Trupp Schädelspalter ab, machte kehrt und hielt. Die Krieger lachten, wiesen zum Lager hin und scherzten. Dann ritten sie langsam zu ihrem eigenen Lager zurück. Die Verteidiger schauten ihnen in ohnmächtigem Zorn nach. Der-ohne-Kopf hielt schnell Ausschau nach einem Angriff an anderer Stelle, doch es erfolgte keiner.

Der Feind hatte sich einfach zurückgezogen, und jetzt begriff der junge Häuptling. Es war nur eine Finte gewesen, ein Bluff, um das Volk unter weiteren Druck zu setzen und zu zermürben. Die Schädelspalter spielten mit dem Volk, schürten seine Ängste und Zweifel. Er erinnerte sich, daß er einmal in seiner Kindheit eine Katze gesehen hatte, die mit einer Maus gespielt hatte. Der Feind genoß die Gelegenheit, sich langsam an dem Volk zu rächen. Der-ohne-Kopf verlor alle Hoffnung, daß jemand überleben und dieses Lager verlassen könnte.

Das Volk blieb den Rest des Tages in Alarmbereitschaft. Jeder trug Waffen, und die Schädelspalter wurden ständig beobachtet.

Es geschah nichts Bemerkenswertes. Mehrmals ritt eine Handvoll feindlicher Krieger nahe an die Gestrüppbarrikade heran, stoppte jedoch kurz vor der Bogenschußweite. Es waren anscheinend eitrige junge Männer, die sich damit zufriedengaben, Herausforderungen und Beleidigungen zu rufen. Sie hatten offenbar Anweisung, sich auf keinen Kampf einzulassen.

Die jungen Krieger des Volks erwiderten die Schmähungen, aber sie schafften es, sich nicht zu unbesonnenem Handeln hinreißen zu lassen.

Ein junger Mann des Feindes ritt heran, rief und unterstrich seine Worte mit Zeichensprache.

»Wir werden euch töten, und dann werden eure Frauen lernen, wie es ist, mit richtigen Männern zu schlafen!«

Ein einzelner Pfeil flog aus dem Lager der Verteidiger und hing einen Augenblick lang hoch in der Luft, bevor er sich zu Boden neigte und fiel. Der Schädelspalter lachte.

Langer Hirsch antwortete für das Volk. »Ich sehe keine richtigen Männer. Ich sehe nur Feiglinge, die Angst haben in Bogenschußweite zu kommen!«

Der Austausch der Beleidigungen ging im Laufe des Tages in Intervallen weiter, doch beide Seiten wußten, daß es nur Gerede war. Die Lage blieb unverändert. In dieser Nacht gab es wenig Schlaf, aber es erfolgte kein Angriff.

Am nächsten Morgen führten die Schädelspalter einen weiteren Scheinangriff durch. Der Angst einjagende Ansturm endete wieder kurz vor Bogenschußweite und mit Gelächter, Scherzen und Beleidigungen. Das Ganze wiederholte sich am nächsten Morgen, und das Volk begann sich zu entspannen, weil kein richtiger Angriff erfolgte. Kojote, Weißer Büffel und andere mahnten, nicht unvorsichtig zu werden.

Am folgenden Tag änderte sich die Taktik des Feindes etwas. Bei Tageslicht war eine Versammlung bewaffneter Reiter zu sehen. Das Volk war dennoch auf der Hut, als es mit der morgendlichen Routine begann. Frauen gingen mit Wassereimern zum Bach, und aus den Rauchabzügen der Tipis kräuselte weißer Rauch von Kochfeuern.

Plötzlich schrie eine Frau empört.

»*Aiee*! Das Wasser ist verdorben!«

Es stimmte. Andere kosteten vorsichtig ihr Wasser oder schöpften eine Handvoll aus dem Bach. Der Bach, der klar und sauber gewesen war, hatte jetzt eine graubraune Farbe und war trüb.

Die Erklärung war leicht zu finden. Die Schädelspalter hatten einfach ihre Pferdeherde bachaufwärts gebracht und während der Nacht im Wasser und nahe daran gehalten. Der-ohne-Kopf erinnerte sich an die Wiese, die sie vermutlich benutzt hatten. Jetzt war das Wasser von Schlamm und Dung verunreinigt. Die Lage wurde noch verzweifelter.

Das Volk hatte Erfahrung mit Wasserknappheit aus vergangenen Trockenzeiten auf den Prärien. Es legte methodisch kleine Becken im sandigen Bachbett an und wartete, bis sich sich mit Sickerwasser gefüllt hatten. Es war wenigstens naß, und der Geschmack war besser als der des Wassers aus dem Bach selbst.

Der-ohne-Kopf, der an diesem Abend an einem harten, sehnigen Streifen Pferdefleisch kaute, befürchtete, daß die Lösung des Problems mit dem Wasser zu leicht gewesen war. Der Feind würde weiterhin die Hirschhunde bachaufwärts halten, und das Wasser würde schlechter werden. Er konnte sich vorstellen, daß der ständige Strom von oben jeden Wasserstrudel und auch die Löcher mit dem Sickerwasser verunreinigte. In ein paar Tagen mußte der Gestank unerträglich werden, und selbst das Sickerwasser würde nicht mehr trinkbar sein. Wenn in ein paar Tagen noch jemand vom Volk lebte.

Die täglichen Scheinangriffe fanden weiterhin statt, doch die Zeit wechselte. Manchmal erfolgten sie kurz nach Tagesanbruch, manchmal wenn Sonnenjunge hoch am Himmel stand. Einmal gab es einen Scheinangriff, als die letzten verblassenden Strahlen von Sonnenjunges Fackel lange Schatten auf die Prärie warfen. Offenbar wollte der Feind das Volk mit dieser Unberechenbarkeit zermürben.

Eines Nachts wurde ein Posten im Wald getötet. Man hatte den jungen Mann so lautlos mit der Kriegskeule erschlagen, daß erst am Morgen seine Leiche gefunden wurde.

Dieses Ereignis steigerte die Anspannung und führte zu weiteren schlaflosen Nächten. Man konnte sich leicht einbilden, daß jeder einzelne von den Schädelspaltern beobachtet wurde. Im Geiste sah man oft genug ein feindliches Gesicht aus jedem Schatten spähen. Das Volk wurde noch deprimierter, und ein Gefühl der Hilflosigkeit breitete sich im Lager aus.

26. Kapitel

Schließlich kam der Tag, an dem der richtige Angriff erfolgte. Der Feind hatte sich wie immer schreiend jenseits der Barriere massiert, während die Verteidiger mit schußbereiten Waffen beobachteten. Die Reiter preschten in einem lauten Angriff geradewegs auf die Barrikade zu. Ihre hohen, schrillen Kriegsschreie hallten über die Prärie.

Die vordere Reihe schreiender Krieger ritt bis auf Bogenschußweite heran, wo sie stets kehrtgemacht hatten. Aber heute steigerten sie noch das Tempo und donnerten weiter. Männer des Volkes riefen durcheinander und rannten zur Barrikade.

»*Aiee*«, sagte Kojote leise neben Der-ohne-Kopf, »heute kommen sie!«

»Der Wald! Beobachtet den Wald!« schrie Der-ohne-Kopf. Einige Krieger machten kehrt und rannten zum Wald.

Dort gab es jedoch keinen Angriff. Die Masse der brüllenden Reiter preschte auf die Barrikade zu. Der-ohne-Kopf beobachtete fasziniert, wie sich die vorderen Reihen der Barriere näherten.

Ein schreiender Krieger auf einem großen Braunen ritt an der Spitze. Der Braune würde als erster zum Sprung ansetzen. Das Pferd flog über das Gestrüpp, doch was dann eine elegante Landung sein sollte, verwandelte sich in einen grotesken Alptraum. Einer der spitzen Pfosten, die von den Angreifern immer noch nicht gesehen werden konnten, bohrte sich in den Leib des Braunen; er brach zusammen, und der Reiter flog über seinen Kopf hinweg.

Im nächsten Augenblick jagten weitere Reiter durch die Barrikade aus Gestrüpp, und die Pferde spießten sich auf die spitzen Pfosten auf. Der Kriegsschrei der Schädelspalter ging im Wiehern von Pferden und Schreien von Männern unter. Sterbende Tiere keilten aus und rollten auf verletzte Reiter. Die nächste Woge der Reiter war zu schnell, um stoppen zu können. Sie sprangen über das Hindernis und stürzten über Verwundete.

Krieger des Volkes eilten hinzu, erschossen die verwundeten Feinde mit Pfeilen und töteten sie mit Lanzen und Keulen. Nur wenige der Angreifer schafften es, sich zu wehren. Diejenigen, die noch dazu in der Lage waren, kletterten hastig über die beschädigte Barrikade, um zu flüchten. Ein Pfeilhagel folgte ihnen. Der-ohne-Kopf sah eine Wurfkeule aus den Reihen der Verteidiger fliegen, die vom Kopf eines fliehenden Kriegers abprallte, geworfen von einer Frau, denn die Frauen kämpften jetzt mit. Der Schädelspalter schlug einen Purzelbaum über die Barrikade und war nicht mehr zu sehen.

Berittene Schädelspalter, die rechtzeitig vor der Barrikade angehalten hatten, retteten ihre Gefährten, die ihre Pferde verloren hatten. Binnen Sekunden war die ganze Sache vorüber. Die Schädelspalter zogen sich zurück.

Der-ohne-Kopf war benommen und konnte noch nicht fassen, welche Zerstörung seine Taktik angerichtet hatte. Der Pferdeliebhaber in ihm rebellierte gegen den Verlust von guten Pferden –aber das Überleben des Volkes war wichtiger gewesen.

»Wir haben es geschafft!« sagte er leise. »Wir haben sie gestoppt.«

Im Lager ertönten Jubelschreie. Einige der Jungen wollten die Schädelspalter verfolgen und mußten zurückgehalten werden. Krieger zogen zur Barrikade und vergewisserten sich, daß keine Gefahr mehr drohte. Ein paar erschreckte Pferde, die unverletzt geblieben waren, als sie über die Artgenossen stürzten, irrten wiehernd herum. Einige der schwerverletzten Tiere wurden schnell getötet.

Eine alte Frau schlurfte mit einem Schlachtmesser in der Hand heran.

»Die Schädelspalter haben uns Fleisch gebracht!« Sie

kicherte fröhlich. Dann machte sie sich mit ihrem Feuersteinmesser ans Abhäuten eines Pferdes.

Andere beteiligten sich am Schlachten, und bald wirkte das Treiben im Lager wie nach einer erfolgreichen Jagd. Streifen von Pferdefleisch wurden auf die Gestelle zum Trocknen gehängt, und die Häute wurden mit Pflöcken gespannt wie die von Büffeln.

Für die Abendstunden wurde eine Feier geplant. Eigentlich gab es nicht viel zu feiern, und dies war nur eine Atempause, aber schließlich war es doch eine Art von Sieg. Der Feind war zurückgeschlagen worden.

Die Schädelspalter hatten sich zu ihrem Lager zurückgezogen, immer noch in Sicht des Volkes. Sie wirkten verwirrt und wütend. Die Verteidigungsanlage des Feindes war offenbar eine völlige Überraschung für sie gewesen. Gegen Mittag ritten drei Schädelspalter über die Prärie davon und verschwanden schließlich im Westen.

»Sie reiten zu den anderen und erzählen es ihnen«, sagte Kojote.

Der-ohne-Kopf hatte bereits über den Stand der Dinge nachgedacht. Die Hirschhund-Gruppe des Volkes war kaum besser dran als zuvor. Sie konnten immer noch nicht fortziehen, konnten nicht jagen und nur auf das Ende warten.

Abermals spielte er mit dem Gedanken an einen Angriff auf das Lager des feindlichen Kriegstrupps. Jetzt wäre der Zeitpunkt günstig, denn eine beträchtliche Anzahl ihrer Krieger war getötet oder verwundet worden, und viele ihrer Hirschhunde waren tot.

Aber die Kampfkraft meiner Gruppe ist sogar noch schlechter, sagte sich Der-ohne-Kopf. Nur eine Handvoll junger Krieger war im Reiten und im Kampf mit der Lanze ausgebildet. Es würde natürlich ein Angriff zu Pferde sein müssen. Zu Fuß wären sie völlig ungeschützt gewesen, wenn sie sich dem Feind über die offene Prärie genähert hätten. Krieger zu Fuß hätte der Feind in Stücke gehauen.

Obwohl die Schädelspalter vorübergehend geschwächt waren, konnte das Volk keinen Angriff riskieren. Der Feind mußte bald Verstärkung bekommen, und jeder neu eintreffende Krieger würde auf Rache aus sein.

Auch ein Weiterziehen kam nicht in Frage. Die Stammesgruppe war am ungeschütztesten dann, wenn sie unterwegs war, selbst unter den besten Umständen. Sie konnten leicht in eine Falle geraten, belastet mit Frauen und Kindern und all ihrer Habe. Außerdem waren sie jetzt geschwächt und hatten nur wenige Hirschhunde; die Gruppe würde so hilflos sein wie ein verwaistes Kalb gegenüber Wölfen.

Der-ohne-Kopf erwog kurz einen Verzweiflungsschritt. Wenn sie all ihren Besitz zurückließen, Tipis und sonstiges, und nur Nahrungsmittel mitnahmen, konnten sie schneller vorankommen. Jeder mußte alle Nahrung mitnehmen, die er tragen konnte.

Wurden sie jedoch vom Feind auf der offenen Prärie festgenagelt, würden sie überhaupt nicht vorankommen. Es würde unmöglich sein, die mageren Vorräte an Nahrung und Wasser zu ergänzen. Sie würden nur noch verwundbarer sein. Er verwarf den Plan, jedenfalls für den Augenblick. Es gab dringendere Dinge, mit denen er sich befassen mußte.

Die Leichen der Feinde wurden vor die Barrikade geschleift. Junge Männer reparierten und verstärkten beschädigte Teile der Befestigung. Es war nicht nötig, die angespitzten Pfosten zu ersetzen, die zerbrochen oder von den sterbenden Pferden aus dem Boden gerissen worden waren. Die improvisierten Lanzen würden nicht mehr wirken. Der Feind kannte jetzt die List und würde keinen solchen Frontalangriff mehr versuchen.

Der-ohne-Kopf fragte sich flüchtig, von welcher Seite der nächste Angriff zu erwarten war. Vermutlich durch den Wald.

27. Kapitel

Das Volk ruhte gut, denn es war müde von den Aktivitäten des harten Tages und dem improvisierten Feiern und Tanzen. Es bestand keine Gefahr eines Angriffs von dem zur Zeit verwirrten Feind.

Sonnenjunges erstes Licht enthüllte, daß die Leichen des Feindes verschwunden waren. Man hatte sie in der Dunkelheit weggeholt. Es war wichtig für die Schädelspalter, ihre Ehre zu retten, indem sie ihre Toten bargen. Man würde um sie trauern, sie mit ihrem wertvollsten Besitz in Felle einhüllen und auf Gerüsten in Bäumen bestatten, ähnlich wie es beim Volk Brauch war.

Unterdessen herrschten in der Hirschhund-Gruppe weiterhin Triumphgefühle, fast Euphorie. Das Volk hatte keinen einzigen Toten zu beklagen.

Sie hatten mehr Nahrung als zuvor und dem Feind einen eindrucksvollen Schlag versetzt. Da konnte man die Lage leicht übertrieben optimistisch sehen.

Natürlich hatte die Tradition des Volkes an sich dazu geführt, daß es von einem Tag auf den anderen hoffte. Wenn es heute keine Nahrung gab, dann vielleicht morgen. Der-ohne-Kopf hatte sich manchmal sehr über diese heitere Lebenseinstellung geärgert. In seiner eigenen Kultur hätte diese Mentalität als kindisch, als zu vereinfachend gegolten. Er hatte einst mit seiner Frau über diese allgemeine Einstellung gesprochen.

»Aber was sollen wir tun?« Die Große wirkte verwirrt. »Wir tun, was wir können, und sind für das bereit, was auch immer als nächstes geschieht. Irgend etwas passiert bestimmt.«

Ja, hatte er grimmig gedacht, irgendwas geschieht immer, und wenn es etwas Schlimmes ist.

Es war heute jedoch unmöglich, bedrückt und besorgt zu bleiben. Die gute Stimmung des Volkes, das glücklich über den Sieg war, hatte etwas Ansteckendes, und Der-ohne-Kopf lächelte und lachte mit. Es machte anscheinend nichts aus, daß die Stammesgruppe immer noch nicht von diesem Lagerplatz fortziehen konnte. Im Augenblick reichte es, daß sie Nahrung hatten und das in der Ferne der wütende Feind ziellos durch sein Lager irrte.

An diesem Tag war das Wetter ungewöhnlich schön. Es war einer der warmen, nach Erde riechenden Tage, wie es sie im Mond des Grünens gab. Der-ohne-Kopf suchte seine Frau, und sie stiegen auf den Hügel jenseits der Tipis und setzten sich in die warmen Strahlen von Sonnenjunges Fackel. Seit dem Verlust ihres Tipis hatten sie kaum mehr allein miteinander geredet. Sie hatten nicht nur die körperlichen Intimitäten vermißt, sondern auch die Möglichkeit, in den Armen des anderen auszuruhen und Gedanken auszutauschen. Es war manchmal gut, in der Geborgenheit der Familie in Kojotes Tipi zu sein, aber dort war es eben sehr voll. Manchmal war die Intimsphäre wichtiger als die Gesellschaft der Großfamilie.

Der-ohne-Kopf sah zwischen dem gekräuselten Gras des vergangenen Jahrs kleine elfenbeinfarbene Blumen. Er ging hin, pflückte ein paar davon und brachte sie seiner Frau. Die Große betrachtete die Blumen.

»Der Hundezahn.« Sie lächelte. »Du brachtest ihn mir in unserem ersten gemeinsamen Frühjahr, erinnerst du dich?«

Er hatte gehofft, sie würde sich daran erinnern, und er freute sich. Das war vor der Geburt von Adler gewesen, als auf ihm noch nicht die Verantwortung der Führerschaft gelastet hatte. Damals waren die Dinge viel einfacher gewesen.

Er setzte sich zu seiner Frau und beobachtete das Treiben im Lager. Es hatte den Anschein, daß sich dort unten eine friedliche, wohlhabende Gruppe des Volks aufhielt. Kinder spielten, Fleisch trocknete auf den Gestellen, und Häute waren zum Gerben gespannt. Frauen riefen sich bei der Arbeit etwas zu, und gelegentlich war Lachen zu hören.

Nur wenn das Paar auf dem Hügel zur Prärie jenseits des Lagers schaute, konnte es sehen, daß der Schein trog. Dort sahen sie im Lager der Schädelspalter unruhiges, ungeduldiges Treiben.

»Sie werden wieder angreifen, und zwar mit mehr Kriegern«, sagte der junge Häuptling grimmig.

»Natürlich. Aber nicht heute.« Die Große schmiegte sich an ihn.

Es erstaunte ihn immer wieder, wie diese schlanke Frau es schaffte, ihn alle Probleme völlig vergessen zu lassen. Wenn er sie in den Armen hielt, zählte nichts sonst. Alles schien in Ordnung.

Später ging er zu seinem Schwiegervater.

»Kojote, wann werden sie wieder angreifen?«

Kojote zuckte die Achseln. »Vielleicht in drei Sonnen, vielleicht in zehn. Wenn sie sich mit den anderen vereint haben. Dann werden sie sehr stark sein.«

Sie waren schon bisher stark, dachte Der-ohne-Kopf verzweifelt. Die Schädelspalter hatten genug Krieger gehabt, um die schrumpfende Hirschhund-Gruppe zu vernichten. Seine Verteidigung war nur gelungen, weil sie so verblüffend, so unerwartet gewesen war. Sie würde nicht noch einmal erfolgreich sein, und er hatte keine Tricks mehr auf Lager. Immerhin würde die Drohung der scharfen Spitzen in der Gestrüppbarrikade verhindern, daß der Hauptangriff wieder aus dieser Richtung erfolgte. Das Lager mußte also von der Waldseite her besser verteidigt werden.

Sie errichteten eine Zickzacklinie zur Verteidigung im dichtesten Teil des Waldes. Der Häuptling bestand darauf, daß jeder Krieger die Stelle aussuchte, zu der er eilen würde, wenn der Feind angriff. Einige der Frauen erklärten, daß sie an der Seite ihrer Männer kämpfen wollten. Sie nutzen aufgeschichtetes Gestrüpp, um ihre Stellungen zu tarnen.

Die Barrikade bewachten nur noch wenige Männer.

Einige Familien wählten Verstecke für ihre Kinder aus, in die sie rennen sollten, sobald der schicksalhafte Tag kam.

Dann konnten sie nur noch warten. Für einige war dies die Zeit für ruhige, einsame Gedanken. Für andere war es eine Zeit des Rauchens und Geschichtenerzählens.

Manche verbrachten die Stunden auch mit Spielen. An verschiedenen Stellen im Lager saßen Gruppen von Leuten, die mit Pflaumensteinen würfelten. Die bemalten Steine hüpften und rollten auf ausgebreiteten Häuten, und viel Habe wechselte bei Wetten den Besitzer. Die Spieler hatten das Spiel anscheinend noch nie so ernst genommen. Obwohl ihnen die Vernichtung drohte, gerieten sie ins Spielfieber. Die Einsätze waren hoch. Manchmal setzte ein Mann den größten Teil seiner Habe auf den Wurf der Pflaumensteine. Die Männer waren im Rausch des Glücksspiels.

Nun, warum nicht, dachte Der-ohne-Kopf, während er sich einen Weg zwischen den Tipis bahnte. In ein paar Tagen hat vielleicht keiner von uns mehr irgendwelchen Besitz. Wenn man das Leben verliert, wird Besitz bedeutungslos.

Noch mehr deprimierte ihn irgendwie der Anblick der Frauen, die eifrig damit beschäftigt waren, Häute für zukünftige Benutzung vorzubereiten. Bei der zeitraubenden Arbeit würden schließlich Felle, Kleidungsstücke und Tipihüllen entstehen. Die Arbeit ging weiter, obwohl es ziemlich unwahrscheinlich war, daß jemand von der Hirschhund-Gruppe das Endprodukt benutzen konnte. Frauen, die stolz auf ihre Arbeit waren, schabten weiterhin peinlich genau Häute ab.

Andere Frauen arbeiteten an Kleidungsstücken und Mokassins, die vielleicht nie jemand tragen würde. Aber was sollten sie sonst tun? Der junge Häuptling seufzte. Es konnten nicht alle Aktivitäten eingestellt werden, weil die Zukunft so unsicher war. Er kehrte zum Tipi seiner

Familie zurück und sah den herzzerreißendsten Anblick von allem.

Die Große saß mit übereinandergeschlagenen Beinen bei der Schwelle des Tipis und nähte Stacheln des Stachelschweins zur Verzierung auf winzige Mokassins. Sie hielt sie zu seiner Begutachtung hoch.

»Für den ersten Tanz von Eule«, verkündete sie stolz.

Der erste Tanz eines Kindes, im Alter von zwei Jahren, war ein wichtiger Schritt in seinem Leben. Es war die Zeit der Zeremonie, bei der ein älterer Verwandter den Namen für das Kind wählte, den es haben würde, bis es erwachsen war. Die Familie war sehr stolz, wenn das Kind die feinste Kleidung trug und die kunstvollste Verzierung auf seinen Mokassins hatte.

Jetzt arbeitete Die Große an einer komplizierten und schönen Verzierung der kleinen Mokassins. Sie würden wirklich prachtvoll werden. Eule konnte mit der von seiner tüchtigen Mutter sorgfältig genähten Kleidung stolz auf der Tanzfläche stehen.

Abgesehen von einem, dachte Der-ohne-Kopf betrübt: Für Eule, der glücklich lachend auf dem Fell im warmen Frühjahrssonnenschein lag, würde es keinen ersten Tanz geben.

Zu diesem Zeitpunkt existierte wohl keine Hirschhund-Gruppe mehr.

28. Kapitel

Fünf Tage später trafen die ersten Schädelspalter als Verstärkung ein. Es waren sechs oder sieben Krieger, und sie vergeudeten keine Zeit damit, um das Lager des Volkes drohend herumzureiten.

Ein arroganter junger Häuptling mit Kriegsbemalung ritt allein bis auf Bogenschußweite an die Barrikade heran.

Er parierte hart sein großes Pferd, das sich aufbäumend stehenblieb, während einige junge Krieger des Volkes höhnisch johlten.

Der-ohne-Kopf war besorgt. Ihm gefiel nicht die ernste, nüchterne Art, wie der andere Häuptling sich alles ansah. Das war ein Mann, der es gewohnt war, den Gang der Dinge zu bestimmen. Er wollte offenbar dafür sorgen, daß alles nach seinem Willen ablief.

Am nächsten Tag trafen weitere feindliche Krieger ein, und noch mehr am übernächsten. Ein paar Tage lang stießen kleine Gruppen Schädelspalter zu den anderen. Sie hatten es anscheinend nicht eilig und waren bereit, auf den richtigen Augenblick zu warten.

Jeden Morgen ritten ein paar feindliche Krieger, immer dieselben, zur Barrikade und tauschten Verhöhnungen und Schmähungen mit den jungen Kriegern des Volks aus. Es war anscheinend ein halbherziger, prahlerischer Versuch, die Krieger des Volks zu einer Unbesonnenheit anzustacheln, doch er blieb erfolglos.

Immer noch nahm die Zahl des Feindes zu. Es wurde klar, daß Krieger von verschiedenen Gruppen der Schädelspalter eintrafen. Offenbar war inzwischen der gesamte Stamm informiert worden und alle, die Rache für die Niederlage im Großen Kampf vor ein paar Jahren wollten, versammelten sich jetzt. Es war eine langsame, fast rituelle Vorbereitung der Schädelspalter für die Vernichtung der Hirschhund-Gruppe des Volkes.

Der Mond des Grünens war jetzt fast vorüber, und der Mond des Wachsens begann. Es war die Zeit für die Reise zum Großen Rat, aber keiner erwähnte etwas davon. Der Umzug hätte während des Monds des Wachsens stattgefunden. Dann würde sich der Stamm an einem vorher festgelegten Platz am Salt River versammeln, und der Sonnentanz und der Große Rat würden im Mond der Rosen beginnen.

Der-ohne-Kopf dachte wieder an den Kreis der Häuptlinge beim Großen Rat. Dieses Jahr würde es eine leere Fläche geben. Ebenso in allen kommenden Jahren. Zukünftige Generationen würden darauf hingewiesen werden, daß die leeren Plätze im Kreis dem südlichen Stammesteil oder der Hirschhund-Gruppe gehört hatten, die vor langer Zeit von den Schädelspaltern ausgelöscht worden war. Die Geschichte des Ereignisses würde auf die Geschichten-Häute gemalt und in den Annalen des Stammes bewahrt werden. Sie würde für immer als das Jahr in Erinnerung bleiben, in dem die Hirschhund-Gruppe vernichtet worden war. Er fragte sich, wie die Maler die Szene wohl darstellten und hoffte, daß man die Hirschhund-Gruppe auf den Gemälden tapfer sterbend zeigen würde. Dann zuckte er mit den Schultern. Was machte es aus?

Der-ohne-Kopf beobachtete den Feind, der sich Tag für Tag um das Lager herum bewegte, jagte und mit den Waffen übte. Einmal erlegte ein Trupp Schädelspalter einen Büffel in Sichtweite des Volkes. Sie machten eine große, übertriebene Schau aus dem Schlachten und Zubereiten der saftigen Rippenstücke, denn sie wußten, daß die Belagerten dem Hungertod nahe waren und sich von zähem, sehnigem Fleisch der Hirschhunde ernährten.

Eine der kürzlich eingetroffenen Gruppen der Schädelspalter hatte die Familien und Tipis mitgebracht. Solches Selbstvertrauen war unglaublich. Es war beispiellos, daß ein Kriegstrupp Frauen und Kinder mitnahm.

Die einzige Erklärung war natürlich offenkundig. Der Ablauf der Ereignisse war ausgemachte Sache. Der Feind war überzeugt, daß keine Gefahr damit verbunden war, diese hilflose, hungernde Gruppe des Volkes zu vernichten. Die Ankunft der Familien der Schädelspalter bedeutete einfach Verachtung des belagerten Volks.

Der junge Häuptling hatte dennoch weiterhin eine schwache Hoffnung. Bei all den Kriegern verschiedener Gruppen, die sich jetzt versammelten, gab es anscheinend einen Mangel an Organisation. Mit seiner militärischen Ausbildung war das für Der-ohne-Kopf ersichtlicher als für die anderen.

Als sie es nur mit der einen Gruppe des Feindes zu tun gehabt hatten, war Ordnung zu erkennen gewesen. Die Scheinangriffe, der Angriff, der entscheidend hatte sein sollen – all das war organisiert und gut diszipliniert gewesen. Jetzt herrschte anscheinend Verwirrung. Es war nicht zu erkennen, daß sich der Feind um Organisation bemühte.

Der-ohne-Kopf sprach darüber mit Kojote und ein paar anderen.

»Ich finde, du hast recht.« Kojote nickte nachdenklich. »Sie haben einige gute Führer bei dem Angriff verloren. Keiner ist jetzt der Oberhäuptling.«

»Wie können wir das nutzen?«

Es folgte langes Schweigen. Schließlich sprach Langer Hirsch.

»Wir könnten angreifen, während sie schwach sind«, sagte er nachdenklich.

»Nein, so schwach sind sie nicht. Es wäre zu gefährlich«, sagte Der-ohne-Kopf entschieden.

Sie diskutierten weiterhin über die Lage, gelangten jedoch zu keinem Schluß. Sie konnten nur durch einen Überraschungsangriff die Desorganisation des Feindes zu ihrem Vorteil nutzen, aber dafür waren sie einfach nicht stark genug. Sie hatten nur ein paar Hirschhunde und nur eine Handvoll junger Krieger, die zu Pferde mit der Lanze kämpfen konnten. Ein Angriff dieses Trupps würde selbstmörderisch sein. Danach würden sie sogar noch weniger Krieger haben, um sich dem letzten Ansturm entgegenzustemmen. Der-ohne-Kopf weigerte sich, solch einen Plan zu erwägen.

Der Feind war so überwältigend überlegen in Zahl und Ausrüstung, daß es beim letzten Angriff keine Rolle spielen würde, wie schlecht organisiert er war. Was machte es schon für einen Unterschied, ob die Verteidiger wirkungsvoll niedergemacht wurden oder einfach bei einem einzigen wilden Ansturm starben?

29. Kapitel

»Komm, mein Freund«, sagte Kojote. »Laß uns mit Weißer Büffel sprechen.«

Die beiden Männer gingen durch das Lager zum Tipi des Medizinmanns. Das Tipi war jetzt das prächtigste, das einzige der großen Tipis, die in den vergangenen Jahren errichtet worden waren. Der-ohne-Kopf fragte sich, was beim letzten Kampf wohl geschah, ob das Tipi des Medizinmanns zerstört werden würde wie der Rest, oder ob der Feind es wegen seiner sonderbaren Furcht vor der Medizin abermals unbeachtet ließ.

Es war durchaus möglich, daß der Feind das Tipi des Medizinmannes als einziges verschonte und die Bewohner als einzige überleben würden, wenn der Feind abzog.

»Onkel!« Kojote klopfte gegen die Tipihaut. »Wir möchten mit dir sprechen!«

Krähenfrau zog den Hautstreifen am Zugang des Tipis zur Seite, und die beiden traten geduckt ein. Der Duft von getrockneten Kräutern schlug ihnen entgegen, als sie in das Halbdunkel des Tipis kamen und den Medizinmann begrüßten. Weißer Büffel saß auf dem Platz des Gastgebers, gegenüber dem Zugang, und rauchte bedächtig Pfeife. Er nickte und forderte sie mit einer Geste auf, Platz zu nehmen.

»Onkel«, begann Kojote. »Wir möchten über die Schädelspalter sprechen.«

Weißer Büffel nickte von neuem und sagte immer noch nichts.

»Kannst du uns etwas über den kommenden Kampf sagen?« fragte Der-ohne-Kopf.

Der alte Mann starrte ihn lange müde an. Schließlich seufzte er und erhob sich, um die verschiedenen Dinge für den Tanz zusammenzusammeln, der seiner Vision helfen sollte. Krähenfrau wärmte die Trommel über dem Feuer und begann mit dem rhythmischen Trommeln. Der Ausdruck ihres runzligen Gesichts ließ keinen Zweifel daran, daß sie die Lage als hoffnungslos betrachtete.

Der-ohne-Kopf war immer von den rituellen Tänzen und Visionen des Medizinmannes beeindruckt gewesen. Sicher, Weißer Büffel war sehr gerissen. Der alte Mann war ein scharfer Beobachter, der Schlüsse aus dem Verhalten von Tieren, von Vögeln und Insekten und auch aus dem Wetter zog. Ebenso beobachtete er das Verhalten der Menschen. Durch all die verfügbaren Informationen gerieten seine Vorhersagen bemerkenswert zutreffend.

Der-ohne-Kopf hatte sich manchmal darüber amüsiert, wie der Medizinmann glückliche Ereignisse als sein Verdienst ausgab. Weißer Büffel konnte eben mit seiner scharfen Beobachtungsgabe manchmal den Verlauf der Ereignisse erraten, bevor die anderen ihn erkannten. So konnte er voraussehen oder warnen oder scheinbar richtig prophezeien, was geschehen würde.

Diese Gedanken gingen dem jungen Häuptling durch den Kopf, während er die Zeremonie beobachtete, die komplizierte Vorbereitung, das Bemalen des Gesichts, das Kostümieren und das Handhaben der zepterartigen Kürbisrasseln. Aber während Der-ohne-Kopf den alten Mann beobachtete, war es ihm schwer ums Herz. Weißer Büffel konnte besser als jeder den Ausgang der Ereignisse vorausahnen.

Der-ohne-Kopf empfand Mitleid mit dem Medizinmann. Die Stammesgruppe hatte sich lange Rat bei ihm geholt. Seine Visionen waren für gewöhnlich optimistisch und nur manchmal mit einer Warnung verbunden, wenn das nötig war. Aber jetzt war das tragische Ende der Belagerung offenkundig, und was konnte der Medizinmann da sagen? Es war unmöglich, daß der alte Mann eine ermunternde Prophezeiung abgeben konnte. Der-ohne-Kopf fragte sich, ob es der Medizinmann übers Herz brachte, eine trostlose Vision zu äußern.

Vielleicht dachte Weißer Büffel ebenfalls an das Dilemma. Es lag etwas von Depression und Verzweiflung im Schlurfen seiner Füße, den hängenden Schultern und dem Schwingen seines Kopfes, während er tanzte.

Schließlich beendete der Medizinmann den Tanz, und Krähenfrau breitete die bemalte Haut auf dem Boden aus. Vielleicht bildeten sich die Zuschauer nur ein, daß die Beschwörung etwas länger dauerte und leidenschaftlicher war als sonst. Weißer Büffel holte zum Wurf aus, und Knochenstückchen, Holz und Kiesel hüpften und rollten über die Haut. Als die Objekte liegenblieben, begann er mit seiner Deutung.

»*Aiee!*« murmelte er vor sich hin. Er blickte schnell zu den anderen, und seine Miene spiegelte Aufregung und Überraschung wider.

»Was ist, Onkel?«

Der Medizinmann wirkte verwirrt. Er stieß leicht mit knorrigem Finger nach den bunten Kieseln und murmelte vor sich hin. Die Spannung wurde unerträglich.

»Es ist gut!« erklärte er schließlich mit immer noch überraschter und verwirrter Miene, während er sich hinhockte.

»Aber Onkel, wie kann das sein?« wandte Der-ohne-Kopf ein.

Der Medizinmann zuckte die Achseln, als übersteige es seine Kraft, solche Dinge zu deuten.

»Ich weiß nur, daß die Zeichen gut sind!«

Der-ohne-Kopf hatte das unbehagliche Gefühl, daß der alte Mann unter der Anspannung vielleicht den Verstand verloren hatte. Wie konnte es irgendein gutes Zeichen geben? Aber die zuversichtliche Miene des Medizinmannes, sein ruhiges Verhalten und der klare Ausdruck seiner

Augen paßten nicht zu einem Wahnsinnigen. Es war schwierig, sich nicht von der zuversichtlichen Stimmung des Medizinmanns anstecken zu lassen. Er gab keine weitere Information. Er hatte alles gesagt. Und das war die Botschaft seiner Vorhersage:

»Die Zeichen sind gut.«

Als Krähenfrau die zum Tanz nötige Ausrüstung wieder an ihren Platz legte, wurde klar, daß das Gespräch beendet war. Weißer Büffel blieb sitzen und zündete seine Pfeife an. Kojote und Der-ohne-Kopf dankten ihm, und Krähenfrau hielt den Hautstreifen zur Seite, damit sie hinausgehen konnten. Ihre Miene hatte sich verändert und zeigte jetzt Optimismus.

Vermutlich streute Krähenfrau die Nachricht aus. Jedenfalls verbreitete sich die Kunde wie ein Präriefeuer. Als Der-ohne-Kopf und Kojote zu ihrem Tipi gelangten, riefen sich Leute die erfreuliche Botschaft zu.

Die-mit-den-großen-Füßen stand vor dem Tipi. »Was ist, mein Mann?«

»Weißer Büffel sagt, die Zeichen sind gut!« sagte Kojote verwundert.

Seine Frau blickte zum Lager des Feindes jenseits der Gestrüppbarrikade.

»Aber wie kann das sein?«

Beide Männer zuckten mit den Schultern, immer noch verblüfft. Ein langgezogener Ruf ertönte beim Bach. Jemand rief einem Freund zu: »Die Zeichen sind gut!«

Der Optimismus war ansteckend. Sogar Der-ohne-Kopf begann wider besseres Wissen an die Voraussage des Medizinmannes zu glauben. Bei Einbruch der Dunkelheit war auch er völlig überzeugt, daß sie durch irgendein Wunder Erfolg haben würden. Obwohl das Volk zahlenmäßig drei zu eins unterlegen war, würde es den Feind an der Barrikade zurückschlagen und als Sieger hervorgehen.

Doch wie es dazu kommen würde, war unklar. Es blieb ein Geheimnis, wie sie der Belagerung entkommen konnten. Der Optimismus erfaßte alle. Jeder fand neue Kraft und Entschlossenheit, obwohl sich nichts verändert hatte. Die bloße Botschaft »Die Zeichen sind gut« hatte der Stammesgruppe neue Energie gegeben.

Und in dieser Nacht verbrannte der Feind die Barrikade.

30. Kapitel

Der-ohne-Kopf erwachte beim ersten Alarmschrei eines Postens. Er sprang von den Fellen auf, schnappte seine Lanze und hetzte nach draußen, um die Tipis zu verteidigen.

Aber es gab keinen Angriff. Er sah ein Licht flackern und blickte zu der Gestrüppbarrikade. Eine warme Frühlingsbrise aus Südwesten wehte ihm entgegen und trug den unverkennbaren Geruch von einem Feuer heran. Der Häuptling lief zwischen den Tipis hindurch und gelangte auf die Wiese. In diesem Augenblick rief jemand:

»*Aiee!* Sie verbrennen das Gestrüpp!«

Flammen züngelten an mindestens drei Stellen aus der zundertrockenen Barrikade. Kein Feind war zu sehen. Sie hatten es gut geplant. Im Schutz der Dunkelheit hatten sie den richtigen Augenblick gewählt, um zur Barrikade zu kriechen und sie anzuzünden. Das Feuer wurde durch die Brise angefacht und war bereits nicht mehr zu löschen. Einige Leute hoben sich vor dem Feuerschein ab.

»Bleibt zurück! Laßt es brennen!«

Es gab keine Hoffnung, die Flammen zu löschen, und wenn man sich dem Feuerschein näherte, war das eine Einladung für einen unsichtbaren Bogenschützen in der Dunkelheit.

Das Volk versammelte sich in Gruppen, um die Zerstörung zu beobachten, und hielt sich zurück, um kein Ziel für einen Bogenschützen zu bieten. Der-ohne-Kopf schickte ein paar Krieger in den Wald für den Fall, daß von dort aus ein Angriff erfolgte. Kojote hielt das für äußerst unwahrscheinlich. Es war bekannt, daß die Schädelspalter einen Kampf in der Nacht vermieden. Es hieß, sie glaubten, der Geist eines Kriegers, der in der Nacht starb, war dazu verdammt, ewig zu wandern, verirrt in der Dunkelheit.

Was auch immer der Grund war, es war nie ein größerer Angriff der Schädelspalter während der Nacht erfolgt. Sie mochten einen einsamen Posten töten oder Hirschhunde stehlen, aber sie ließen sich auf keinen Kampf ein.

So schaute das Volk mit dem Gefühl vorübergehender Sicherheit zu, wie die Hauptverteidigungsanlage verbrannte. Der-ohne-Kopf sah jedoch schnell voraus. Dieses Ereignis erforderte eine völlige Neueinschätzung der Lage und der Verteidigungsstrategie. Der Feind hatte nun leichteren Zugang bei einem Angriff zu Pferde.

Beim ersten Tageslicht war der Häuptling mit ein paar Kriegern auf dem Hügel, um die neue Lage einzuschätzen. Er bezweifelte, daß der Angriff sofort erfolgen würde. Der Feind mußte ebenfalls die veränderten Bedingungen bewerten.

Die Barrikade war völlig zerstört, wie er befürchtet hatte. Wo sie gewesen war, gab es jetzt nur einen Streifen grauer Asche. Der Wind hatte nachgelassen, aber gelegentlich stieg noch ein Rauchwölkchen von einem nicht völlig verbrannten Holzstück auf. Selbst die angespitzten Holzpflöcke waren bis auf den Boden niedergebrannt. Jetzt gab es nichts, was einen Angriff zu Pferde stoppen oder auch nur verlangsamen konnte.

»Können wir eine neue Verteidigungslinie errichten?« fragte Stehender Vogel.

Der Häuptling schüttelte den Kopf.

»Nein, es bleibt keine Zeit. Sie werden kommen, wenn die Glut erloschen ist.«

Außerdem wurde Gestrüpp rar. Vieles war als Brennholz während des Winters benutzt worden und noch mehr für die Barrikaden im Wald.

Wie um ihre Sorgen zu vergrößern, begann es zu regnen, und der Regenschleier trübte die Sicht auf das Lager des Feindes. Die Männer gingen zu den Tipis zurück. Keiner sprach es aus, aber jeder dachte es: Der leichte Frühlingsregen würde die Glut schnell löschen und einen feindlichen Angriff erleichtern. Aus der Asche und Glut stieg bereits ein Vorhang aus Dampf auf und schuf die Illusion einer gespenstischen Verteidigungsbarriere, ein Schatten der jetzt zerstörten.

Der Regen wurde stärker, und die Männer verstreuten sich zu ihren jeweiligen Tipis.

Der-ohne-Kopf hatte genug gesehen. Der Hauptangriff würde jetzt erfolgen, davon war er überzeugt. Der Feind würde von der Prärie ungehindert über die Wiese kommen und massiv angreifen. Vielleicht gab es einen Ablenkungsangriff durch den Wald, aber es mußte mit dem Hauptangriff durch Reiter über die Wiese gerechnet werden.

Der Häuptling suchte nach einer Lösung des Verteidigungsproblems. Einige der Positionen im Wald konnten von denjenigen Frauen eingenommen werden, die Erfahrung mit Waffen hatten, aber es würden immer noch zu wenig Krieger zur Verfügung sein. Der Feind war zahlenmäßig eben weit überlegen.

»Onkel«, sagte ein kleines Mädchen, Kojotes jüngste Tochter, »können wir die Schädelspalter stoppen, wenn wir Stricke spannen, wo das Hindernis war?«

Einen Augenblick lang wirkte die Idee gut. Wenn sie alle Rohhautstricke zusammenbanden, die es im Lager gab, konnten sie vielleicht eine Verteidigungslinie über den schmalen Einschnitt spannen.

Dann war die Realität wieder da. Der erste Angreifer wurde vielleicht verlangsamt, vielleicht stürzte er sogar, aber durch den Aufprall würde der Strick reißen. Es war einfach sinnlos. Er tätschelte dem Kind den Kopf.

»Wir könnten es versuchen, Schneevogel«, sagte er lächelnd. Er fragte sich, ob dieses hübsche Mädchen aufwachsen würde, um das Tipi irgendeines feindlichen Kriegers als Sklavin zu zieren.

Es regnete den ganzen Tag lang, aber kurz nach Einbruch der Dunkelheit klarte es auf, und die Sterne waren zu sehen. Alles wies auf einen warmen, heiteren nächsten Tag hin. Fast unbewußt war sich das Volk darüber im klaren, daß morgen der Kampf stattfinden würde, der letzte Kampf der Hirschhund-Gruppe.

Keinem war nach Schlafen zumute. Sie wanderten unruhig durch das Lager, begrüßten Freunde, überprüften ihre Waffen und machten letzte Pläne und Vorbereitungen. In grimmiger Erwartung gab es Witze darüber, wie viele Schädelspalter jeder Krieger im Kampf erledigen mußte.

Ihr Verteidigungsplan war mitleiderregend einfach. Die Frauen und ein paar der Krieger würden sich mit denjenigen Kindern, die alt genug waren, um Waffen zu benutzen, im Wald postieren. Sie würden versuchen, jeden Angriff zu stoppen, der zu Fuß aus dieser Richtung erfolgte. Der-ohne-Kopf sagte sich, daß dort genug Verteidiger waren, die mit Pfeil und Bogen umgehen konnten, um diesen Auftrag zu erfüllen.

Er selbst mußte die berittenen Krieger führen. Zu Pferde würden sie eine lebende Barriere auf der jetzt ungeschützten Wiese bilden. Wenn der Angriff erfolgte, würden sie versuchen, den Ansturm zu verlangsamen, damit die Bogenschützen, die auf jeder Seite postiert waren, den Feind beschießen konnten.

»Wir müssen so viele wie möglich sehr schnell erledigen«, mahnte er. »Wenn ihre Zahl kleiner ist, haben wir vielleicht eine Chance. Versucht zuerst die Führer zu töten.«

Fast war er jetzt selbst überzeugt davon, daß so etwas möglich war.

31. Kapitel

Im grauen Licht vor der Morgendämmerung traf das Volk die letzten Vorbereitungen. Ältere Frauen führten kleine Kinder in Verstecke am zerklüfteten Hügelhang. Die Große küßte ihre Kinder und gab Eule in die Obhut von Krähenfrau. Sie sprach mit Adler, der alt genug war, um den Ernst der Lage zu verstehen.

»Mein Sohn, wenn du gefangengenommen wirst, denke stets daran, daß du vom Volk bist, und sei stolz!«

Sie wandte sich ab und nahm ihren Bogen und den Köcher mit Pfeilen. Dann holte sie das spanische Gebiß vom Haken und hängte es am Riemen ihrem Mann um den Hals.

»Du mußt sie tragen, mein Mann. Es ist unsere stärkste Medizin.«

Sie küßte ihn zärtlich und sah ihm lange in die Augen.

»Geh jetzt, mein Mann. Denk daran, Weißer Büffel sagt, die Zeichen sind gut!«

Das hatte er fast vergessen. Jetzt, angesichts der Entwicklung der Ereignisse neigte er dazu, verächtlich über die Vorhersage zu denken.

Kojote, bewaffnet mit seinem Bogen, drückte seinem Schwiegersohn kurz die Hand.

»Wir werden dort sein, wenn du uns brauchst«, sagte er. »Die Zeichen sind gut!«

Der-ohne-Kopf fand keine Worte. Seine Augen füllten sich mit Tränen, als er den Händedruck des kleinen Mannes erwiderte und schnell zu seiner grauen Stute hinüberging.

Die Reiter versammelten sich auf der freien Fläche vor den Tipis. Obwohl ihm klargewesen war, daß er nur wenige Krieger hatte, war er jetzt bestürzt. Das Volk konnte kaum mehr als zwanzig Krieger zu Pferde aufbieten. Der Häuptling sah im Grau der Morgendämmerung, daß die Bogenschützen zu Fuß in Position gingen und sich versteckten.

Eine Gestalt tauchte neben der grauen Stute auf – Weißer Büffel.

»Der-ohne-Kopf«, rief er, »ich habe die Steine noch einmal geworfen!« Der alte Medizinmann wirkte immer noch verwundert. »Es ist das gleiche! Die Zeichen sind gut!«

»Danke, mein Freund.« Der-ohne-Kopf lächelte.

Er zog die Stute Lolita herum und blickte zur offenen Prärie, flankiert von Stehender Vogel und Langer Hirsch. Jedes Gesicht war rituell bemalt. Der kleine Trupp ritt langsam in Richtung Prärie und beobachtete das feindliche Lager. Die Fackel von Sonnenjunge spähte jetzt über den Rand der Erde, und die Sicht besserte sich rapide.

Im fernen Lager war hektische Aktivität zu sehen. Schwerbewaffnete Krieger mit Kriegsbemalung schwangen sich auf ihre Pferde und riefen sich etwas zu, während sie sich versammelten. Ihre Zahl war zu groß, um sie zu zählen.

Der-ohne-Kopf führte seine Hirschhund-Krieger bis kurz vor die Asche der niedergebrannten Barrikade. Es war wichtig, die Position genau zu planen. Sie mußten genügend Schwung haben, um den nahenden Feind anzugreifen. Doch der Zusammenstoß mußte genau vor den verborgenen Bogenschützen erfolgen, um deren Hilfe zu nutzen.

So verharrten die Reiter, und ihre Hirschhunde tänzelten nervös im zertrampelten Schlamm. Das Warten ist das Härteste, hatte Der-ohne-Kopf immer gedacht. Dennoch mußten sie genau hier bleiben und den Feind kommen lassen, denn sonst würden sie das Überraschungsmoment verlieren, das ihre Position bot, wenn die Bogenschützen eingriffen.

Es war kein langes Warten. Die Reiter auf der Prärie bildeten so etwas wie eine geordnete Formation mit Front zu dem belagerten Volk. Jemand stieß einen langen Schrei aus. Der-ohne-Kopf glaubte, daß es der arrogante junge

Häuptling gewesen wäre, aber die Entfernung war zu groß, um ihn zu erkennen.

Die feindlichen Krieger trieben ihre Pferde an. Im Galopp jagten sie auf die Verteidiger zu, um anzugreifen.

Gut, dachte Der-ohne-Kopf. Ihre Pferde werden nicht mehr so frisch sein, wenn wir zuschlagen. Sie hätten sie bis kurz vor dem Angriff schonen sollen. Unsere Pferde werden frischer sein.

Im nächsten Augenblick erkannte er, daß es eine leere Hoffnung war, ein Klammern an einen Strohhalm. Die Masse der angreifenden Reiter bot einen furchterregenden Anblick. Das schrille *yip-yip-yip* des Kriegsschreis der Schädelspalter ertönte aus hundert Kehlen.

Der-ohne-Kopf blickte zu seinen Männern, um zu sehen, ob einer seiner jungen Krieger in Versuchung geriet, zu flüchten. Keiner zeigte Anzeichen dafür. Sie packten die Waffen fester und waren bereit, auf ein Signal hin zu handeln, während das Trommeln des Hufschlags anschwoll und der Feind heranjagte.

»*Aiee*«, murmelte Langer Hirsch.

Es war jetzt an der Zeit zum Handeln. Der-ohne-Kopf tippte die graue Stute Lolita mit den Knien an und ritt im Schritt vorwärts. Die anderen breiteten sich fächerförmig zu beiden Seiten von ihm aus und bildeten eine Linie im schmalen Einschnitt, der zur Wiese führte.

Zuvor war dort eine Barrikade aus Gestrüpp und Holzpfosten gewesen. Jetzt wurde das Lager durch eine Wand aus Fleisch und Blut geschützt, aus dem Fleisch und Blut von Menschen und Hirschhunden. Eine sehr zerbrechliche Wand vor der überwältigenden Stärke des massierten Angriffs.

Die Zeitabstimmung mußte jetzt richtig sein, und Der-ohne-Kopf trieb die Stute zum Trab. Sie spitzte die Ohren und erwartete begierig die Aufregung des Angriffs. Lolita erlebte so etwas nicht zum ersten Mal. Sie tänzelte ein wenig. Ihr Reiter hatte oft das Gefühl gehabt, daß Lolita die Jagd und das Einschlagen der Lanze ins Ziel genoß. Viele Büffel waren vor diesem Gespann aus Mann und Pferd gefallen – und ein paar Menschen. Für die Stute war es kein großer Unterschied. Sie zerrte am Zaumzeug aus Rohhaut, als der Reiter ihr den Kopf freigab und den Kriegsschrei des Volkes ausstieß. Die beiden Linien der wild brüllenden Reiter näherten sich fast genau an der gewünschten Stelle. Die Schädelspalter drängten sich zusammen, als sie durch den Einschnitt auf die Wiese preschten, und Der-ohne-Kopf und seine Krieger zogen ihre Linie auseinander, damit möglichst viele Feinde vor die Pfeile der Bogenschützen gerieten.

Die Bogenschützen schossen vielleicht einen Sekundenbruchteil zu früh ihre Pfeile ab, aber das machte nichts. Die vorderen Reihen des Feindes waren nahe, und es war ihnen die Überraschung anzusehen, als die Pfeile einschlugen. Einige Krieger der ersten Reihe stürzten von den Pferden. Ein Pferd wieherte vor Schmerz, ein anderes brach zusammen und stürzte schwer, und das nachfolgende Tier prallte dagegen.

In diesem Durcheinander griffen die Hirschhund-Krieger des Volkes an. Der-ohne-Kopf hoffte sehnlich, daß die Bogenschützen ihre Ziele in dem Chaos sorgfältig wählten. Dann griff er einen stämmigen Schädelspalter an und hatte keine Zeit mehr für solche Gedanken.

Der Schädelspalter war schnell und geschickt. Er parierte die Lanze mit seinem Schild und schwang seine Kriegskeule, doch Stehender Vogel stieß ihn mit der Lanze vom Pferd. Der-ohne-Kopf hielt nach einem anderen Ziel Ausschau. Langer Hirsch hatte seine Lanze verloren oder sie war gebrochen, und ein feindlichen Reiter griff den ungeschützten jungen Krieger an. Der-ohne-Kopf eilte ihm zu Hilfe, doch der behende junge Krieger warf sich rücklings vom Pferd, machte einen Salto und landete auf den Füßen. Er hatte dieses Manöver oft geübt, sehr zur Belustigung der älteren Krieger. Jetzt rettete es ihm das Leben, denn die Kriegskeule seines Gegners zischte über den leeren Pferderücken hinweg.

Langer Hirsch rannte geduckt und im Zickzack, während ihn der berittene Krieger verfolgte. Der-ohne-Kopf preschte los und griff an, und diesmal traf er mit der Lanze. Der Feind stürzte in den Schlamm und blieb reglos liegen.

Der-ohne-Kopf blickte sich schnell um. Ein Schädelspalter half einem verwundeten Gefährten, hinter ihm aufzusitzen. Jenseits davon trieb ein anderer feindlicher Krieger sein Pferd an, um zu flüchten. Die Angreifer zogen sich zurück. Ein weiterer Pfeilhagel flog auf sie zu, als die Bogenschützen wieder deutliche Ziele fanden. Einige der jungen Hirschhund-Krieger des Volkes wollten den Feind verfolgen, aber Der-ohne-Kopf rief sie zurück.

»Hierbleiben!« schrie er.

Er durfte seinen kleinen Trupp nicht teilen. Sie würden auf der Prärie ungeschützt sein.

»Wir werden eine andere Chance bekommen«, versicherte er den zurückkehrenden jungen Männern.

32. Kapitel

Die Hirschhund-Männer versammelten sich auf der Wiese, um die Lage einzuschätzen. Sie hatten drei Tote zu beklagen, und ein Krieger war verwundet worden. Langer Hirsch hatte sein Pferd eingefangen und bei seinem knappen Entkommen keinen Schaden erlitten.

Einige tote Feinde lagen verstreut auf der Prärie, wo der Kampf am heftigsten gewesen war. Die Bogenschützen waren der entscheidende Faktor gewesen, und kein einziger von ihnen war verletzt worden. Leider war jetzt der Überraschungseffekt vertan. Der Feind wußte jetzt von den versteckten Kriegern und ihrer tödlichen Wirksamkeit.

Ein Reiter galoppierte zum Wald, und die Frauen berichteten, daß es dort keinen Angriff gegeben habe. Offenbar hatten sich alle Schädelspalter in ihrer vergleichsweise zügellosen Kampfbereitschaft entschieden, am großen Angriff teilzunehmen, der der letzte sein sollte.

Jetzt hatte sich die Lage verändert. Der Feind wußte, daß das Volk entschlossen war, Widerstand bis zum äußersten zu leisten. Die Schädelspalter würden vorsichtiger angreifen, vielleicht auch vom Bach aus und durch den Wald. Es war offenkundig gewesen, daß kein großer Plan dem Angriff zugrundegelegen war, den das Volk soeben zurückgeschlagen hatte. Der nächste Angriff würde anders sein.

Der-ohne-Kopf wünschte sich, zu seiner Frau zu reiten, aber das war nicht möglich. Er mußte seine Hirschhund-Männer auf die Wiese führen, denn er befürchtete, daß die jungen und unerfahrenen Krieger ohne seine Führung leicht Opfer der Übermacht des Feindes werden könnten.

»*Aiee*, sie kommen wieder!« rief Stehender Vogel.

Der-ohne-Kopf hatte kaum Zeit, seine Reiter zu formieren, bevor der Angriff erfolgte. Die Zahl der Schädelspalter war jetzt geringer, weniger als die Hälfte beim vorangegangenen Angriff.

Das verwirrte ihn. Die Schädelspalter hatten keine Zeit gehabt, den Angriff von mehreren Seiten zu planen, den er erwartet hatte.

Die schreienden Reiter näherten sich, und das Volk begann einzelne Krieger zu erkennen. Jetzt verstand Der-ohne-Kopf. Dies waren die jungen Prahler, die jeden Tag an der Barrikade Drohungen und Beleidigungen gerufen hatten. Sie waren wütend wegen des gescheiterten Angriffs und griffen allein an, vielleicht unter Mißachtung der Wünsche ihrer Häuptlinge.

Ein Pfeilhagel verlangsamte den feindlichen Angriff und brach fast den Ansturm, bevor der Gegenangriff der Hirschhund-Krieger erfolgte. Binnen Sekunden suchten die Schädelspalter ihr Heil in der Flucht, und abermals ließen sie tote Gefährten auf dem Kampfplatz zurück.

Der-ohne-Kopf war begeistert, weil es gelungen war, den zweiten Angriff zurückzuschlagen, aber seine Freude erhielt bald einen Dämpfer. Das Volk hatte wieder zwei Krieger verloren, und dieser relativ leicht gestoppte Angriff war nicht von der Hauptstreitmacht des Feindes durchgeführt worden. Der massive Angriff würde noch erfolgen.

Die Zeit verging langsam für die wartenden Verteidiger, und Sonnenjunge hatte fast die Hälfte seines Weges zurückgelegt, als drei Schädelspalter langsam aus ihrem Lager auf die Verteidiger zuritten.

In der Mitte ritt der junge Häuptling, den Der-ohne-Kopf schon gesehen hatte. Die drei Schädelspalter ritten im Schritt und zügelten ein paar hundert Schritte entfernt die Pferde. Der Anführer signalisierte mit Handzeichen, daß er ein Gespräch wünschte.

»Das ist ein Trick«, warnte Langer Hirsch.

Der Häuptling nickte. »Vielleicht. Aber wir müssen mit ihnen reden. Kommt.« Er winkte Stehender Vogel und wandte sich dann an die anderen. »Paßt gut auf.«

Der-ohne-Kopf signalisierte den Bogenschützen, ebenfalls wachsam zu sein. Dann ritt er langsam los. Seine beiden jungen Krieger flankierten ihn und achteten wachsam auf jedes Anzeichen auf eine List des Feindes. Die beiden Dreiergruppen hielten ein paar Schritte voneinander entfernt an. Sie waren mißtrauisch und angespannt, aber sie bemühten sich, gelassen und selbstsicher zu wirken. Der-ohne-Kopf nahm an, daß ihm eine Kapitulation vorgeschlagen wurde. Er hatte sich bereits dagegen entschieden. Wenn das Volk die Waffen niederlegte, war ein Wortbruch des Feindes zu wahrscheinlich.

»Ich grüße dich, mein Häuptling«, sagte der Schädelspalter mit Zeichensprache. »Wir wünschen, unsere Toten zu holen.«

Das war eine legitime Bitte, doch sie überraschte die Botschafter des Volkes. Der-ohne-Kopf nickte und dachte dabei nach.

»Selbstverständlich. Wir werden nicht angreifen, wenn ihr sie holt.«

Irgendwas stimmte da nicht. Die Bitte war berechtigt, aber irgendwie unpassend. Der-ohne-Kopf wünschte, Kojote wäre an seiner Seite. Sein Schwiegervater würde einen möglichen Trick bei diesem Handel durchschauen.

Der feindliche Häuptling blickte zur Sonne. Aha, dachte Der-ohne-Kopf, er denkt an die Zeit. Welchen Plan er auch hat, er hängt von Sonnenjunge ab. Dieser Gedanke gab ihm mehr Selbstvertrauen, und er entschied sich, die Begegnung ein wenig zu verlängern. Vielleicht konnte er mehr erfahren.

»Es ist ein guter Tag zum Kämpfen«, sagte Der-ohne-Kopf freundlich.

»Es ist ein guter Tag zum Sterben«, entgegnete der andere Häuptling.

»Ja«, stimmte Der-ohne-Kopf zu. »Deine jungen Männer haben das gelernt.«

Das Gesicht des anderen Häuptlings spiegelte Zorn wider. Die Stichelei, die Anspielung auf mangelnde Organisation und Disziplin der Schädelspalter hatte gesessen. Der feindliche Häuptling hatte sich jedoch schnell wieder unter Kontrolle.

»Dein Volk wird es heute lernen«, drohte er, doch seine Stimme klang sanft und freundlich. Abermals blickte er besorgt zur Sonne. »Dann können wir also unsere Toten holen?« Er war offenbar begierig darauf, das Gespräch zu beenden.

Der-ohne-Kopf stimmte zu und nahm die Zügel auf, um das Ende der Unterhaltung anzuzeigen. Kühn zog er das Pferd herum und wandte dem anderen Häuptling den Rücken zu, ein Versuch, Selbstvertrauen zu zeigen. Er wußte, daß Langer Hirsch und Stehender Vogel auf der

Hut sein und ihn vor einem Angriff schützen und warnen würden.

Aus dem Augenwinkel nahm er eine Bewegung wahr. Ein Mann zu Fuß duckte sich hinter die Schulter des Felsenhügels zu seiner Linken. Nachdem er auf dieses Gebiet aufmerksam geworden war, sah er einen zweiten Krieger, der sich bückte und hinter dem Gestrüpp verschwand.

Jetzt erkannte er den Grund für das Gespräch.

Normalerweise hätte der Feind nicht darum gebeten, Tote nach dem Kampf abzuholen. Das tat er, um Zeit zu gewinnen, um abzulenken, damit Krieger in Position gehen konnten. Wenn man die Toten abholte und wenn das Volk dadurch abgelenkt war, würden feindliche Krieger zu Fuß im Wald, hinter dem Hügel und am Bach in Position gehen. Der nächste Angriff würde aus allen Richtungen erfolgen, nicht nur frontal.

Wir wissen wenigstens Bescheid, dachte der junge Häuptling. Wir werden nicht überrascht. Er schickte die beiden jungen Krieger zu den Bogenschützen, um sie zu warnen, und ritt zum Wald, um dort die Verteidiger zu informieren. Das verschaffte ihm eine letzte Gelegenheit, mit seiner Frau zu sprechen. Er saß kurz ab, um Die Große in die Arme zu nehmen, aber es wurde ihm klar, daß er schnell zur Wiese zurückkehren mußte. Die Große gab ihm hastig einen Kuß.

»Denk daran, die Zeichen sind gut!«

Der-ohne-Kopf lächelte und nickte, und er dachte, daß die Zeichen, die er gesehen hatte, alles andere als gut waren. Er ritt zur Wiese zurück.

Ein paar Schädelspalter hoben die Toten auf Pferde, die sie zu diesem Zweck mitgebracht hatten. Sie sangen – Der-ohne-Kopf nahm an, es war ihr Trauerlied –, und seine eigenen Krieger beobachteten angespannt aus der Ferne.

»Hast du den anderen gesagt, womit wir rechnen?« fragte er Langer Hirsch.

Der junge Krieger nickte. »Wir werden bereit sein, mein Häuptling.«

Bogenschützen verteilten sich zwischen den Weiden am Bach. Die Hirschhund-Krieger würden beim nächsten Angriff ohne ihre Unterstützung auskommen müssen. Der Feind hatte jetzt die Schwäche des Volkes richtig erkannt. Das Volk hatte einfach nicht genug Krieger, selbst mit Hilfe von Frauen und Kindern, um sich an vielen Stellen gleichzeitig zu verteidigen.

Die letzten Toten wurden abgeholt, und der Trupp Schädelspalter kehrte zu seinem Lager zurück. Jetzt schwangen sich dort die Krieger auf die Pferde und zeigten die typische Aktivität, die jedem Angriff vorausging. Ein paar Krieger stießen ihren schrillen Kriegsschrei aus, während sie sich zusammenschlossen. Trotz der Verluste des Feindes bei zwei früheren Angriffen hatte es den Anschein, als wären es mehr Reiter denn je.

Der-ohne-Kopf dachte kurz an einen Satz des Todeslieds.

»... heute ist ein guter Tag zum Sterben.«

Er packte die Lanze fester und sagte sich, daß das Volk dem Feind einen Tag bereiten mußte, den er in Erinnerung behalten würde.

Wie als Echo auf den Satz des Todeslieds tauchte eine neue Gruppe Reiter auf der Hügelkuppe auf und hob sich vor dem westlichen Himmel ab. Die Reiter waren in Position für einen Flankenangriff, wenn die Verteidiger losritten, um sich dem Angriff zu stellen.

Der-ohne-Kopf fragte sich, was Weißer Büffel jetzt zu seinen Zeichen sagen würde.

33. Kapitel

Die Große kauerte im Schatten des Waldes und hielt ihren Bogen bereit. Das ferne Lied eines Vogels erklang von irgendeiner verborgenen Lichtung.

Die Große schaute sich ständig im Halbkreis ihres Gesichtsfeldes um. Bald würden Feinde wie Schemen zwischen den Bäumen schleichen. Sie spähte angestrengt durch das Halbdunkel und glaubte, Bewegung zwischen den Stämmen zu sehen. Dann schüttelte sie den Kopf und dachte nüchterner über die Lage nach. Der Vogel, der vermutlich ein Nest baute, zwitscherte weiter. Es würde Zeit zur Vorbereitung geben, denn sie würden vor jeder Annäherung des Feindes gewarnt werden, wenn der Vogel verstummte.

Die Große spähte durch den Brombeerstrauch zum Versteck der Antilopenfrau. Ihre Freundin lächelte und stellte mit Zeichensprache eine Frage.

»Hörst du den Vogel?«

Die Große nickte. »Er wird unser Späher sein«, signalisierte sie zurück.

Sie wandten den Kopf und übermittelten die Information an Die-mit-den-großen-Füßen, die ein paar Schritt zu ihrer Linken kauerte. Die ältere Frau hatte sorgfältig ein paar schwere Keulen auf dem Boden bereitgelegt.

Die Große lächelte belustigt. Das Können ihrer Mutter mit den Keulen war gut bekannt. Es hatte viel Gelächter über die Art und Weise gegeben, wie ihre Wurfkeule einen Schädelspalter während des ersten Angriffs über die Barrikade gefegt hatte.

Jetzt bemerkte Die Große, daß ihre Mutter auch eine steinerne Kriegskeule bereitgelegt hatte. Wenn es zum Nahkampf kam, würde Die-mit-den-großen-Füßen die Handwaffe benutzen. Die Große hatte eine Demonstration ihres Könnens auch mit dieser Waffe schon gesehen.

Sie erschauerte bei diesen Gedanken. Es würde zum

Nahkampf kommen, wenn ihre Verteidigungsposition überrannt wurde, und die Große würde es vorziehen, Pfeil und Bogen aus einiger Distanz einzusetzen. Sie war stets geschickt im Umgang mit dem Bogen gewesen. Als Mädchen in der Kaninchen-Gemeinschaft waren sie und Antilopenfrau mit Pfeil und Bogen so gut gewesen wie jeder Junge. Ihre Freundin konnte außerdem wie ein Fisch schwimmen. Die Große war stolz gewesen, schneller zu laufen als die meisten anderen Kinder.

Sonderbar, daß ihre Gedanken heute zur Kindheit zurückkehrten. So vieles war geschehen, so viele Veränderungen hatte es seither gegeben. Die Ankunft des Fremden mit Haaren im Gesicht, der zuerst vom Volk gefürchtet worden war und jetzt dazugehörte. Er war der Häuptling und ihr Ehemann. Die Große lächelte. Sie hatte immer ein warmes, gutes Gefühl, wenn sie an Der-ohne-Kopf dachte. Er war ein starker, aber liebenswürdiger und zärtlicher Mann. Es war herzzerreißend gewesen, zu erleben, daß die Hirschhund-Gruppe des Volkes unter seiner Führung geschwächt und von innen heraus zersetzt worden war. Es war nicht seine Schuld, sagte sie sich eifrig. Unter den meisten Häuptlingen wären sie längst von den Schädelspaltern überrannt worden, vielleicht sogar im Großen Kampf vor ein paar Jahren.

Ja, er hatte dem Volk viel gegeben. Durch die Veränderung der Jagdmethoden hatte die Stammesgruppe jetzt viel Nahrung und viele Felle. Sie waren eine angesehene Gruppe auf der Prärie geworden, seit sie gelernt hatten, mit dem Hirschhund zu jagen. Welch ein Unglück, daß ausgerechnet seine Gruppe, die man jetzt wegen der großen Medizin ihres Mannes die Hirschhunde nannte, diejenigen waren, die dem Untergang geweiht schien. Die anderen Gruppen würden noch in vielen Generationen von seiner Medizin profitieren, aber die Hirschhunde würden im Kreis des Rats fehlen.

Die Große blickte zum Blätterdach empor. Die gewaltigen Eichen hatten ihre braunen Blätter abgeworfen und ein neues Blätterkleid bekommen. Ihr hatte immer das zarte Grün der Eichen zu dieser Zeit gefallen, und dies war einer ihrer Lieblingsmonate. Sie ergötzte sich an den warmen Winden aus dem Süden, am Geruch der Erde des Waldes und vor allem am Grünen der Prärie. Es war ein guter Tag.

»Ein guter Tag zum Sterben...« Der Satz des Todeslieds drängte sich ihr auf, und es wurde ihr schwer ums Herz. Normalerweise würde es keine Schande sein, in einer solchen Lage zu sterben, wenn es stolz geschah. Aber es waren so viele Dinge zu bedenken.

Ihre kleinen Söhne. Wenn sie am Leben blieben, würden sie als Schädelspalter aufgezogen werden. Adler war vielleicht alt genug, um sich an sein stolzes Erbe als einer vom Volk zu erinnern, aber Eule konnte das gewiß nicht.

Was sie selbst anbetraf, so hatte sich Die Große entschieden, sich nicht lebend dem Feind auszuliefern. Zwar war es verlockend, sich vorzustellen, daß sie vielleicht als Gefangene heimlich den Kindern von ihrer wahren Herkunft berichten konnte. Sie hatte den Gedanken verworfen. Es war angemessener für die Frau eines großen Häuptlings, im Kampf gegen den Feind zu sterben. Dann konnte sich das ältere der Kinder in Gefangenschaft an dieses stolze Kapitel ihrer Geschichte erinnern und es den anderen erzählen. Sie durfte nicht zulassen, daß der Feind damit prahlte, er hätte den großen Häuptling Der-ohne-Kopf beschämt, indem er seine Frau zu einer Sklavin gemacht hatte.

Sie werden natürlich teuer für mein Leben bezahlen, dachte sie. Sowohl sie als auch Antilopenfrau waren gut versorgt mit Pfeilen. Für den Nahkampf hatten sie außerdem eine kurze Büffellanze. Und darüber hinaus konnte das Messer an ihrer Hüfte mit tödlichem Geschick benutzt werden.

Wenn die Zeichen des Medizinmannes falsch waren

und sie ihren Mann heute in das Land der Schatten begleiten mußte, dann wollte sie es zu einem Ereignis machen, das dem Volk in Erinnerung bleiben würde. Sie mußte viele Feinde auf die Reise in ihr eigenes Schattenland schicken.

Bei dem Gedanken an den Medizinmann wunderte sie sich wieder über die rätselhafte Vorhersage. »Die Zeichen sind gut«, hatte sie ihrem Mann bei der Trennung gesagt. Doch die Große gab sich keinen Illusionen hin. Ihr Verstand sagte ihr, daß die Lage schlimm war. Vielleicht hatte die Vision Weißer Büffel nur bedeuten wollen, daß die Zeichen gut für einen Tag der Ehre waren.

Ja, das muß es sein, sagte sie sich. Die Hirschhund-Gruppe würde ehrenvoll untergehen, von ihrer Niederlage würde über viele Generationen hinweg erzählt und wiedererzählt werden. An den Ratsfeuern sowohl des Volkes als auch der feindlichen Schädelspalter würde man immer wieder die Geschichte von ihrer Tapferkeit erzählen.

Zufrieden mit der Deutung der Vorhersage des Medizinmannes lehnte sich Die Große zurück und wartete. Sie war irgendwie beruhigt. Jetzt verstand sie den Sinn der Vorhersage, und sie hoffte, daß ihre Rolle in der ehrenvollen Niederlage eine Erwähnung verdienen würde. Sie mußte so viele Feinde töten, daß ihre Taten zur Legende werden konnten. Die Große zählte wieder die Pfeile. Sie hoffte, daß jeder Pfeil einen Schädelspalter ins Land der Schatten schickte.

Hinter ihr im Lager hörte sie schwach rhythmisches Trommeln. Weißer Büffel war wohl in seinem Tipi, sang ein Lied und warf die Medizinsteine.

Irgendwo wieherte ein Hirschhund, und ein anderer im Lager antwortete. Dann hörte Die Große in der Ferne auf der Prärie die Schreie, die den Verteidigern Angst einjagen sollten. Zuerst war es ein einzelnes schrilles *yip-yip-yip*, dann fielen andere Krieger ein, und der Kriegsschrei schwoll an.

Die Große sah vor ihrem geistigen Auge, wie sich die feindlichen Krieger auf die Hirschhunde schwangen. Sie glaubte das Beben der Erde unter Hunderten von Hufen zu hören. Ihr klopfte das Herz bis zum Hals, als sie an ihren Mann und seine dünne Linie von Hirschhund-Kriegern dachte, die dem Angriff ausgesetzt war. Sie mußte seiner würdig sein.

Die Große packte ihren Bogen fester und spähte erwartungvoll in die Schatten des Waldes. Sie bemerkte eine Bewegung zu ihrer Rechten, wandte den Kopf und sah ihre Freundin. Antilopenfrau versuchte ihre Aufmerksamkeit zu gewinnen und wies in den Wald.

»Der Vogel singt nicht mehr«, signalisierte sie in Zeichensprache.

34. Kapitel

Die Große erhob sich auf ein Knie und legte einen Pfeil auf die Bogensehne. Sie hoffte, daß keiner in der unregelmäßigen Linie von Frauen, alten Männern und Jugendlichen ihre Position verriet, bevor es nötig war. Mit Glück konnte jeder Bogenschütze mindestens einen Feind erledigen, bevor sie entdeckt wurden.

Ein Eichhörnchen zeterte vor ihr außer Sicht im Wald. Die Große fragte sich, wie das Tier die intensive Jagd während des Winters überlebt hatte. Ein Eichelhäher flatterte schreiend auf.

Eine scheinbare Ewigkeit verging, bis sie eine Gestalt von Baum zu Baum schleichen sah. Dieser Mann mußte ein Späher sein, und es war besser, ihn nicht zu töten, bis das Gros der feindlichen Krieger auf Bogenschußweite heran war.

Sie beobachtete ihn sorgfältig. Er hatte noch keinen der versteckten Verteidiger entdeckt. Sein Weg führte direkt auf das Versteck zu, in dem Die-mit-den-großen-Füßen kauerte. Die Große wußte, daß ihre Mutter bis zum letzten Augenblick versteckt bleiben würde und sagte sich, daß sie notfalls schnell einen Pfeil in diese Richtung schießen konnte. Sie würde das Vorrücken des Mannes beobachten, während die anderen nach den Kriegern Ausschau hielten, die ihm folgen würden.

Der Feind trug einen Bogen, und an seiner Hüfte baumelte eine steinerne Kriegskeule. Er schlich leise, und sein Blick schweifte hin und her. Einmal dachte Die Große, er starre sie an, aber sie verhielt sich völlig reglos und still, und er schlich weiter. Noch ein paar Schritte, und er würde fast auf Die-mit-den-großen-Füßen treten. Die Große spannte ihren Bogen.

Plötzlich schien der Krieger die halb verborgene Frau zu sehen. Er zuckte zusammen, als wäre er gestochen worden, und mit einem gedämpften Ausruf spannte er den Bogen. Er hatte ihn jedoch erst halb gespannt, als er von einer schweren Wurfkeule getroffen wurde.

Die-mit-den-großen-Füßen hatte offenbar reglos mit der Wurfkeule in der Hand gewartet. Als sie entdeckt wurde, schleuderte sie die Keule mit aller Kraft. Die schwere Waffe, so lang und dick wie ein Arm, flog auf den Krieger zu, knallte gegen den halb gespannten Bogen, und der Pfeil wurde harmlos zum Boden hin abgelenkt. Das andere Ende der wirbelnden Keule traf den Schädelspalter über dem linken Auge, und er schwankte und rang um sein Gleichgewicht. Er tastete nach einem anderen Pfeil, ließ dann den beschädigten Bogen fallen und griff nach der Kriegskeule.

Bevor er die Kriegskeule aus dem Lederriemen ziehen konnte, war seine Gegnerin bei ihm. Eine weitere Keule, diesmal nicht geworfen, sondern als Schlagwaffe benutzt, traf ihn am Kopf, und er brach bewußtlos zusammen.

Die-mit-den-großen-Füßen schnappte sich die andere

Wurfkeule und huschte in ihr Versteck zurück. Als wäre das ein Zeichen, wurde die Stille des Waldes von schrillen Kriegsschreien der Angreifer zerrissen. Ein einzelner Pfeil flog in Richtung der zurückhuschenden Frau, schlug jedoch harmlos in die Büsche.

Die Große sah eine unregelmäßige Linie von Kriegern zwischen den Bäumen nahen. Sie schoß einen Pfeil auf einen großen Krieger ab und war enttäuscht, als der Mann auswich und der Pfeil harmlos ins Leere flog. Der Krieger wollte den Augenblick nutzen, in dem sie waffenlos war, und hetzte vorwärts. Dabei wurde er unvorsichtig, und ein Pfeil von Antilopenfrau fällte ihn.

Die Große schoß einen anderen Pfeil auf einen vorrükkenden Krieger ab und sah, daß er auf alle viere fiel und sich zurückzog, wobei er von Zeit zu Zeit am gefiederten Schaft des Pfeiles zog, der aus seiner Schulter ragte.

Immer mehr schreiende Feinde stürzten heran. Pfeile zischten an ihr vorbei, und Die Große schoß so schnell zurück, wie sie konnte. Einige Feinde lagen jetzt reglos am Boden. Ein Mann, dessen Arm mit einem Pfeil an seine Seite genagelt worden war, taumelte ziellos herum, bis er zu Boden stürzte.

Plözlich stieß Antilopenfrau einen Schrei aus. Die Große blickte zu ihr und sah eine klaffende, blutende Wunde am Arm ihrer Freundin. Ein stämmiger Krieger stürmte auf Antilopenfrau zu.

Die Große griff nach einem Pfeil, doch da hatte Antilopenfrau bereits ihre Lanze hochgerissen. Mehr durch den Schwung des Angreifers als durch Antilopenfraus Stoß mit der Lanze wurde der überraschte Schädelspalter aufgespießt. Die Große kümmerte sich wieder um ihre eigene Verteidigung.

In der Ferne schrie eine Frau, und der schrille Kriegsschrei des Feindes schien überall zu ertönen. Halb im Unterbewußtsein nahm die Große wahr, daß hinter ihr, wo der Angriff der Pferde stattfand, der Kampflärm anschwoll. Jetzt hörte und spürte sie das Beben des Bodens unter trommelnden Hufen.

In der Nähe sang eine Frau das Todeslied.

»Das Gras und der Himmel bleiben immer,
Aber heute ist ein guter Tag zum Sterben.«

Andere fielen in das Lied ein. Die Große sah, daß sie nur noch zwei Pfeile hatte und immer mehr Feinde in den Wald eindrangen. Sie schoß einen Pfeil ab und griff nach dem letzten, während sie ein Ziel suchte.

Ihre Gedanken waren bei ihrem Mann, der jetzt dem anderen Angriff ausgesetzt war. Es wurde ihr klar, daß sie an dem Kampflärm erkennen konnte, wann der Feind die Linie der Verteidiger durchbrach. Sie lauschte, während der donnernde Hufschlag anschwoll und der schrille Kriegsschrei aus hundert Kehlen den Höhepunkt erreichte.

Die Große hörte, daß der Hufschlag stockte, und sie wußte, daß der Zusammenstoß erfolgt war. Durch die schrillen Schreie des Feindes war der kehlige Kriegsschrei des Volkes zu hören. Zuerst waren es nur vereinzelte Schreie, doch andere fielen ein, und der Kriegsschrei des Volkes schwoll an. In einiger Entfernung zu ihrer Linken sprang ein älterer Schädelspalter vorwärts und gab mit krächzender Stimme den Befehl zum Angriff.

Jetzt ließen die schrillen Kriegsschreie der angreifenden Reiter nach. Ein ansteigender Schrei ertönte, den sie als den des Volkes erkannte. Es klang, als ob ... aber *aiee*, das konnte nicht sein ... als ob ihr Mann und seine Handvoll Krieger angriffen!

Die verstreuten Feinde vor den Verteidigern im Wald verharrten jetzt und lauschten ebenfalls. Es war kein *yip-yip-yip* mehr zu hören, nur überraschte Fragen, die hin und her gerufen wurden. Ein Krieger wandte sich um und wollte sich zurückziehen, und Die Große schoß ihren letzten Pfeil ab. Andere Krieger zogen sich zurück, stolperten in ihrer Hast riefen ihren Gefährten etwas zu.

Ein Wunder war geschehen! Dies hatte der letzte Angriff des Feindes und das Ende der Hirschhund-Gruppe sein sollen, doch das Blatt hatte sich irgendwie gewendet.

Weißer Büffel hatte recht gehabt. Die Zeichen waren gut.

35. Kapitel

Der-ohne-Kopf beobachtete den Angriff mit innerer Distanz. Über die Verzweiflung war er hinaus. Später wurde ihm klar, daß er sich bereits mit der völligen Vernichtung der Hirschhund-Gruppe abgefunden hatte, deshalb wurde er kalt und sachlich, als sich die Angreifer in der Ferne formierten. Die innere Distanz erlaubte ihm jetzt, die Strategie des Feindes zu beobachten und kritisch zu beurteilen.

Diesmal waren sie gut organisiert. Er wußte, daß Krieger zu Fuß in Position gingen, um aus verschiedenen Richtungen Ablenkungsangriffe durchzuführen. Die Bogenschützen längs des Baches und die Frauen im Wald mußten allein auf sich gestellt diese Angriffe stoppen. Alle Reiter mußten eingesetzt werden, um sich dem Hauptangriff entgegenzustemmen. Und das war hoffnungslos, darüber war er sich im klaren.

So fand er es in seiner letzten Schlacht in dieser sonderbar losgelösten Verfassung regelrecht amüsant, die Taktik des Feindes zu beobachten. Da gab es allerdings ein Manöver, das er nicht ganz verstand. Er wunderte sich über die Reiter auf dem Hügel. Sie wirkten wie Neuankömmlinge, die gerade rechtzeitig zum Töten eingetroffen waren. Er sah, daß es Verwirrung bei ihnen gab. Sie stritten anscheinend und gestikulierten.

Das war eine schlechte Position für einen Flankenangriff. Er hätte die Reiter jenseites des Baches im Osten postiert. Der Bach würde zwar ihren Angriff verlangsamen, aber einen Ablenkungsangriff an der schwächsten Flanke ermöglichen und sie hinter diese schwache Stelle der Verteidigung bringen.

Der neue Reitertrupp konnte von seiner Position aus eigentlich wenig zu dem Angriff beitragen. Wenn die Reiter vom Hügel herunterritten, griffen sie fast im gleichen Winkel an wie der Haupttrupp. Beide Trupps würden sich durch den engen Einschnitt drängen, wo die Verteidiger warteten. Vom Standpunkt des Volkes aus änderte der neue Trupp wenig. Jeder der beiden feindlichen Trupps konnte vermutlich seine Handvoll Krieger überrollen.

Der-ohne-Kopf fand das Verhalten der Gruppe auf dem Hügel immer noch rätselhaft. Die Krieger wirkten unentschlossen. Weiteres Streiten und Gestikulieren. Der Häuptling konnte sie wegen der großen Entfernung nicht gut sehen und hatte das weitere Handicap, daß er sie nur als Silhouetten vor dem hellen westlichen Himmel wahrnahm.

Plötzlich erkannte er den Grund für die Verwirrung, jedenfalls einen Teil des Grundes. Die Neuankömmlinge konnten vom Hauptlager der Schädelspalter aus nicht gesehen werden. Die Schulter des Hügels verdeckte die Sicht auf die Reiter. Die Hauptgruppe wußte vielleicht überhaupt nichts von der Anwesenheit der anderen.

Es konnte sein, daß beide Gruppen nichts voneinander wußten. Das erklärte vielleicht die Unentschlossenheit der Reiter auf dem Hügel. Sie stritten miteinander, ob sie angreifen sollten oder nicht. Aber die Neuankömmlinge mußten doch sehen, daß ein Kampf begann. Vielleicht waren sie nicht ganz sicher, wer die Angreifer waren. Die ganze Sache wurde noch verwirrender.

Es blieb keine Zeit, weiter darüber nachzudenken. Der

Feind in der Ferne hatte sich auf die Pferde geschwungen. Die ersten Kriegsschreie ertönten und schwollen an zu einem Chor, der Angst einjagen sollte. Er wußte, daß die Kriegsschreie auch als Signal für die Krieger zu Fuß dienten. Dann begann der Angriff.

Das Volk hatte dieses Schauspiel vor kurzem so oft gesehen, daß es fast alltäglich wirkte. Die Hirschhund-Krieger formierten sich zu einer Linie und ritten im Schritt den Angreifern entgegen. Der-ohne-Kopf stellte erfreut fest, daß keiner seiner Krieger zauderte. Irgendwo am fernen Ende der Linie sang ein Krieger das Todeslied. Der junge Häuptling wünschte, daß er das unterließe. Es wirkte so endgültig. Es war ihm zwar klar, daß heute das Ende kam, aber er haßte es, sich das einzugestehen.

Die Schädelspalter gewannen an Schwung, und das schrille *yip-yip-yip* schwoll an, als sie sich näherten. Jetzt würde es für die Reiter auf dem Hügel keinen Zweifel mehr an der Identität der Angreifer geben.

Der-ohne-Kopf trieb seine graue Stute zum Trab, und die anderen trabten ebenfalls. Die angreifenden Schädelspalter donnerten an der Schulter des Hügels vorbei und erreichten den Teil der Wiese, der sich beim Einschnitt verengte. Aus dem Augenwinkel sah Der-ohne-Kopf, daß die Neuankömmlinge ihren Angriff ebenfalls begannen. Sie strömten den Hügelhang hinab und hielten die Lanzen bereit. Ein kampfstarker Trupp, dachte Der-ohne-Kopf. Ihr Angriff würde allerdings ein bißchen spät erfolgen, erkannte er gleichgültig. Die ersten Reihen des angreifenden Haupttrupps würden längst vorbei sein, bevor die Neuankömmlinge zu ihnen stoßen konnten.

Jetzt ertönte der Kriegsschrei der Neuankömmlinge, während sie den Hang herunterpreschten und in den Kampf eingriffen. Es dauerte eine Weile, bis Der-ohne-Kopf seine Fassungslosigkeit überwand. Der anschwellende Schrei der Reiter, der von den Hügeln und dem Wald hinter ihm widerhallte, war nicht das schrille *yip-yip-*

yip des Feindes, sondern der kehlige Kriegsschrei des Volkes.

Verwirrt zügelte er die Stute, um die veränderte Lage einzuschätzen. Der Angriff des Feindes stockte plötzlich. Die Formation der auf einmal unentschlossenen Krieger geriet in Verwirrung, und Reiter prallten in dem Chaos gegeneinander. Der Feind fragte sich offenbar, wie es möglich war, daß er mitten in einem Angriff angegriffen wurde. Einige der Schädelspalter machten kehrt und stellten sich den Angreifern, während andere sich anschickten, ihren Angriff fortzusetzen. Wiederum andere ritten unschlüssig im Kreis herum.

Der-ohne-Kopf beobachtete immer noch ungläubig. Woher war dieser neue Angriffstrupp gekommen? Die Reiter waren offensichtlich vom Volk, das erkannte er nun nicht nur an ihrem Kriegsgeschrei, sondern auch an der Kleidung und den Waffen. Sie preschten jetzt auf die Wiese. Das Überraschungselement war ein wichtiger Faktor, vielleicht noch bedeutender als der Vorteil des Schwungs und des Angriffs auf die ungeschützte Flanke des Feindes.

Insgesamt war das Volk immer noch in der Minderheit, hatte jetzt jedoch einen taktischen Vorteil. Und dann identifizierte jemand die neuen Verbündeten.

»Es sind die Blutigen!«

»Die Blutigen!« Der Schrei ertönte überall in der Linie, und es folgten Jubel und der Kriegsschrei des Volkes. Der-ohne-Kopf sah jetzt den breiten blutroten Streifen auf der Stirn der Reiter.

Längs des Baches stießen nun die Bogenschützen den kehligen Kriegsschrei des Volkes aus. Die feindlichen Krieger, die zu Fuß zwischen den Weiden jenseits des Baches waren, erkannten, daß sich die Dinge schlecht für sie entwickelten und zogen sich zurück. Die Bogenschützen schickten ihnen noch ein paar Pfeile nach und rannten dann zu der Wiese, um dort in den Kampf einzugreifen.

Jetzt wurden die immer noch verwirrten und desorientierten Schädelspalter fast gleichzeitig von zwei Seiten angegriffen, von den Bogenschützen, die vom Bach her kamen, und den Blutigen, die vom Hügel her aufgetaucht waren.

Der-ohne-Kopf schätzte schnell die jäh veränderte Lage ein. Angesichts des Terrains und der jetzt entstandenen taktischen Lage gab es nur eine mögliche Handlungsweise. Er hob seine Büffellanze und machte die Hirschhund-Krieger mit einem Ruf auf sich aufmerksam.

Die graue Stute tänzelte aufgeregt. Er lenkte sie in Richtung des Kampfgetümmels und gab ihr den Kopf frei. Ohne ein weiteres Kommando sprang Lolita los wie eine große Katze, und ihr Reiter stieß einen Schrei aus, der seine Krieger vorwärtstrieb:

»Attacke!«

36. Kapitel

Bevor die Hirschhund-Krieger in den Kampf eingreifen konnten, war er fast vorüber. Die Schädelspalter waren verunsichert und verwirrt und traten ungeordnet den Rückzug an. Der-ohne-Kopf konnte kein einziges Mal die Lanze einsetzen.

Er hoffte, daß seine Krieger nicht den Feind hinaus auf die Prärie in ungeschützte Positionen verfolgten, doch das hatten sie anscheinend nicht vor. Ein paar der Blutigen machten einen Scheinangriff auf den flüchtenden Feind, kehrten dann jedoch zurück.

Ein junger Krieger der Blutigen trabte zu Der-ohne-Kopf und zügelte sein Pferd. Der Krieger war Roter Hund.

»Ah-koh, mein Häuptling.« Er lächelte mit echtem Respekt. »Es ist ein guter Tag zum Kämpfen.«

Der-ohne-Kopf konnte die schnelle Wende der Ereignisse immer noch nicht fassen. Er blickte wieder zum Hügel hinüber und sah eine einsame Gestalt, die sich vor dem Himmel abhob. Es war etwas Vertrautes an der Haltung des Mannes.

»Es ist Dachs«, sagte Roter Hund. »Er wollte nicht mitkommen.«

Der Häuptling nickte. Jetzt ergab alles einen Sinn – der Streit auf dem Hügel, die Unentschlossenheit. Roter Hund hatte das Kommando übernommen und die Blutigen bei dem Angriff geführt, nachdem Dachs sich geweigert hatte. Die Blutigen waren ihrem neuen Führer gefolgt. Jetzt war Dachs wütend und allein.

Jemand wies zum Hügel und rief etwas. Ein paar Schädelspalter flüchteten den Hügel hinauf. Der-ohne-Kopf erkannte den jungen Häuptling, der ihm zuvor aufgefallen war. Der Mann führte anscheinend die Gruppe auf dem Rückzug. Er wählte einen guten Fluchtweg, suchte höheres Terrain oberhalb des Feindes. Bestimmt war er ein guter Führer.

Zuerst hatte es den Anschein, als wären sich die Schädelspalter des Reiters oberhalb von ihnen nicht bewußt. Wann er gesehen wurde, war unklar und änderte auch wenig. Ihr Fluchtweg würde sie in direkten Kontakt bringen. Das Volk beobachtete angespannt.

Durch die Geräusche auf der Prärie und das gelegentliche Wiehern und Schnauben von Hirschhunden klang jetzt eine Stimme. Der einsame Mann auf dem Hügel sang das Todeslied des Volkes. Dachs trieb sein großes Pferd an, um dem vorrückenden Feind entgegenzureiten.

Der erste Schädelspalter hatte auf dem Rand der Hügelkuppe noch nicht das Gleichgewicht gefunden, als Dachs mit der Lanze zustieß. Die anderen verteilten sich und trieben ihre Pferde an verschiedenen Stellen auf die Hügelkuppe. Dachs tötete noch einen Schädelspalter mit der Lanze, bevor die anderen auf die Hügelkuppe gelangten. Drei Reiter umringten auf einmal den einsamen Krieger.

Einige der Kämpfenden stürzten zu Boden und blieben dort eine Weile liegen. Dann erhoben sie sich langsam. Die Beobachter konnten nicht sehen, wie viele auf dem Boden liegenblieben, aber sie erkannten den jungen Häuptling der Schädelspalter, als er an den Rand der Hügelkuppe trat und zu ihnen hinüber sah. Langsam hob er eine lange Büffellanze, wie um sie dem Volk zu zeigen. Der-ohne-Kopf nahm an, daß es die Lanze von Dachs war.

Mit einem letzten trotzigen Schrei schwangen sich die vier verbliebenen Schädelspalter auf ihre Pferde und entfernten sich in Richtung ihres Lagers. Die Pferde ihrer Gefährten und den großen Rappen, der Dachs gehört hatte, nahmen sie mit.

»Er war ein tapferer Mann«, sagte Der-ohne-Kopf ernst zu Roter Hund.

»Ja, mein Häuptling, aber manchmal im Unrecht.«

Kojote trabte heran, und sein schweißnasses und staubbedecktes Gesicht verzog sich zu einem Grinsen. Er nickte dem jungen Krieger der Blutigen zu.

»Sie reiten weg!« Kojote wies zur Prärie.

Obwohl Sonnenjunge seine Fackel tief im Westen trug, brachen die Schädelspalter das Lager ab. Die erste ihrer Kolonne formierte sich bereits, um über den Hügel nach Süden zu ziehen. Der-ohne-Kopf sah, daß in aller Eile Tipis abgebrochen wurden, während sich die Besitzer auf den Rückzug vorbereiteten.

Dem Häuptling kam ein Gedanke.

»Wo sind eure Frauen?« fragte er Roter Hund.

»Ungefähr zwei Sonnen nördlich«, erwiderte der junge Krieger. »Sie lagern bei einigen Pflanzern. Wir kamen zum Handeln, und die Pflanzer erzählten uns von dieser Sache hier.« Er machte eine allumfassende Geste. »Es war die Botschaft an alle Schädelspalter ergangen, herzukommen und zu töten.«

Der junge Mann schwieg einen Augenblick lang und fragte dann zögernd und mit Respekt:

»Mein Häuptling, sind wir willkommen in deinem Lager?«

Der-ohne-Kopf war überrascht. Er hatte nicht mehr an den Erlaß des Großen Rats gedacht. Noch war er unerfahren in den Bräuchen des Stammes und wußte nicht, wie die Dinge jetzt standen.

Es war sogar eine Überraschung, daß die Blutigen noch lebten. Der Feind war anscheinend so beschäftigt mit dem Ziel gewesen, die Hirschhund-Gruppe zu vernichten, daß er die kleine und leicht verwundbare Schar der Blutigen übersehen hatte, die allein über die Prärie gezogen war.

Jetzt wußte Der-ohne-Kopf nicht, welchen Status die Blutigen hatten. Zwar war ihr Führer tot, und ihn hatte der Rat verurteilt, nicht die übrigen. Aber die anderen hatten sich vom Stamm zurückgezogen und waren Dachs gefolgt.

Wenig Zweifel gab es jedenfalls, welchen Status diese Krieger bei der Hirschhund-Gruppe hatten. Es gab herzliche Begrüßungen, erfreute Rufe des Wiedererkennens und Beteuerungen von Freundschaften. Frauen, Kinder und Alte kamen aus dem Wald und stießen Freudenschreie aus. Eine weinende Mutter umarmte ihren Sohn, den sie inzwischen tot gewähnt hatte, und verschmierte dabei die rote Farbe an der Stirn des verlegenen Kriegers.

Der-ohne-Kopf verließ eilig die Wiese und galoppierte zum Wald, um Die Große zu suchen. Sie stürzte ihm entgegen und warf ihn fast vom Pferd.

»Was ist geschehen, mein Mann? Jemand sagte, die Blutigen seien gekommen?«

Er sprang von der Stute und schloß seine Frau in die Arme.

»Die Kinder sind sicher?«

»Ja, der Angriff hatte gerade erst begonnen.«

Hier und dort erhob sich eine Stimme und sang klagend das Trauerlied. Das Volk war nicht ohne Verluste davongekommen, aber es war ein so unerwarteter Triumph, daß allgemeine Jubelstimmung herrschte.

Kinder wurden aus ihren Verstecken geholt, und sie machten sich auf die Suche nach ihren Familien. Krähenfrau brachte Eule zu seiner Mutter.

»Die Zeichen waren gut«, erinnerte sie Die Große mit einem Lächeln.

Der Tag ging zu Ende. Jemand hatte bereits ein Feuer in der Mitte des Lagers angezündet. Es würde eine Siegesfeier stattfinden, wie keiner sie jemals erlebt hatte. Aber Der-ohne-Kopf war sich im klaren darüber, daß zuerst ein Rat einberufen werden mußte.

»Kojote!« rief er.

»Ja, mein Häuptling, du wünscht einen Rat?« Der kleine Mann hatte es vorausgesehen.

Der Häuptling nickte und wußte, daß sich die Nachricht bereits herumsprach. Er fand, daß er jetzt zu Weißer Büffel gehen und mit ihm über seine bemerkenswerte Voraussage sprechen sollte.

37. Kapitel

Die Feier begann bereits, bevor sich der Rat versammelte. Weißer Büffel stolzierte strahlend und herausgeputzt durch das Lager. Er war nur zu bereit, die Glückwünsche entgegenzunehmen und sich die erstaunliche Wende der Ereignisse als sein Verdienst anzurechnen.

Der-ohne-Kopf fragte sich, ob der Medizinmann tatsächlich an seine Vorhersage geglaubt hatte. Vom objektiven Standpunkt betrachtet, war es eine schlaue Sache gewesen. Wenn die Stammesgruppe überlebte, würde sie sich daran erinnern, daß die Zeichen gut gewesen waren, und der Medizinmann würde an Ansehen gewinnen. Wenn nicht, machte es kaum etwas aus. Dann würde das Volk tot sein, und keiner konnte sich mehr an die günstige Voraussage des Medizinmannes erinnern.

Der junge Häuptling bewunderte die Fähigkeit des Medizinmanns, geschickt mit jeder Situation fertig zu werden. Weißer Büffel konnte stets so taktieren, daß sein Ansehen wuchs und seine Medizin stärker wurde.

Der-ohne-Kopf hatte einst seinen Schwiegervater darüber befragt. Kojote hatte nur mit den Schultern gezuckt.

»Wer weiß? Weißer Büffel ist ein guter Medizinmann.«

In dem gegenwärtigen Fall hatte Der-ohne-Kopf den starken Verdacht, daß sich der alte Mann zu der günstigen Vorhersage entschieden hatte, weil nichts zu verlieren und alles zu gewinnen gewesen war. Aber er hatte ehrlich überrascht gewirkt, als er den Wurf der Steine gesehen hatte. War das ebenfalls ein Teil des Täuschungsmanövers gewesen?

Es spielte keine Rolle, sagte sich der junge Häuptling schließlich. Kojote hatte recht gehabt:

»Weißer Büffel ist ein guter Medizinmann.«

Vielleicht war das ganze Geheimnis mit dieser einen Bemerkung geklärt. Der-ohne-Kopf zuckte die Achseln. Wie auch immer. Er würde es nie erfahren.

Langer Hirsch, Stehender Vogel und ein paar der Blutigen waren jetzt von einer vorsichtigen Erkundung des Gebiets zurückgekehrt. Die Schädelspalter waren tatsächlich davongezogen. In ihrer Hast hatten sie das meiste von ihrem Proviant zurückgelassen, und auf dem verlassenen Lagerplatz gab es sogar noch ein benutzbares Tipi und viele Tipistangen, wie der Spähtrupp berichtete.

Die Späher hatten schnell alle herumirrenden Hirschhunde zusammengetrieben. Mit diesen Tieren und soviel Proviant wie sie tragen konnten waren die Späher kurz vor Einbruch der Dunkelheit lachend und triumphierend zurückgekehrt.

Als sich jetzt der Rat zu versammeln begann, erfüllte der angenehme Geruch der Kochfeuer das Lager. Es würde in der Nacht viel geschmaust werden. Das Volk war traditionell daran gewöhnt, zu hungern oder üppig zu speisen, je nach dem Ausgang der Jagd. Jetzt hatte das Volk Nahrung vom Feind, und es war keine Frage, was getan werden sollte. Es war an der Zeit für ein Festmahl.

Aber zuerst der Rat. Der-ohne-Kopf reichte die Pfeife weiter und achtete darauf, daß sie Roter Hund, dem Anführer der Blutigen, angeboten wurde. Als die Pfeife die Runde gemacht hatte und im Etui verstaut war, ergriff der Häuptling das Wort.

»Es macht uns glücklich, daß unsere Brüder, die Blutigen, zu uns zurückgekehrt sind. Wir sind wieder ein Volk!«

Der-ohne-Kopf hatte nie so beifälliges Stimmengewirr im Rat gehört, seit er sich dem Volk angeschlossen hatte. Es war fast ein Aufschrei der Begeisterung, und es dauerte eine Weile, bis er sich Gehör verschaffen konnte.

»Nun müssen wir Pläne machen. Es ist fast Zeit für den Sonnentanz.«

Eine gedämpftere, förmlichere Diskussion folgte am Ratsfeuer. Es war viel zu tun. Die Toten mußten bestattet werden, und die meisten Familien wünschten, Tipistangen und was es sonst noch Brauchbares gab aus dem aufgegebenen Lager des Feindes zu holen, bevor sie weiterzogen.

Es wurde beschlossen, in zwei Tagen aufzubrechen. Das war kurzfristig, aber sonst würde die Hirschhund-Gruppe zu spät zum Sonnentanz kommen.

Der Rat entschied, daß die Blutigen das Gebiet nach weiteren Hirschhunden absuchen sollten, während man sich im Lager auf den Aufbruch vorbereitete. Die Späher hatten auf dem kurzen Ausflug noch viele Hirschhunde gesehen, die dringend gebraucht wurden.

Als sich die Ratsversammlung dem Ende näherte, bat Roter Hund um Sprecherlaubnis.

»Mein Häuptling«, begann er angespannt, »unsere Herzen sind froh über unsere Rückkehr, aber was ist mit dem Großen Rat?«

Einen Augenblick lang herrschte Stille, dann ging ein

Raunen durch den Kreis. Viele hatten diese Frage vorausgesehen.

»Wird man uns zum Großen Rat zulassen?«

Jetzt wurde diskutiert. Die Blutigen, die der Hirschhund-Gruppe das Leben gerettet hatten, waren wieder herzlich willkommen geheißen worden. Doch jetzt mußten sie sich der Entscheidung des Großen Rats stellen, der alle Beschlüsse einzelner Gruppen aufheben konnte.

Der-ohne-Kopf hatte dieses Problem verdrängt, hatte gezögert, sich damit auseinanderzusetzen. Schließlich waren dies die Krieger, die sich über den Rat der Häuptlinge hinweggesetzt hatten. Sie hatten den Großen Rat verlassen und alle Autorität des Stammes verachtet. Diese Sache war weitaus heikler, als es den Anschein hatte.

Am Rand des Kreises wurden persönliche Argumente vorgetragen. Der-ohne-Kopf hörte aus dem Stimmengewirr Kojotes Bitte um Sprecherlaubnis.

»Mein Häuptling«, sagte der kleine Mann mit komisch ernster Miene, »dies ist eine Sache, die der Große Rat entscheiden muß. Und jetzt habe ich Hunger! Laßt uns keine Zeit mit Diskutieren verplempern, die mit Essen und Tanzen verbracht werden kann!«

Der Rat löste sich mit heiterem Gelächter auf, und jemand begann eine Trommel am Feuer aufzuwärmen und zu spannen.

Es war eine kluge Art und Weise, ein verzwicktes Problem aufzuschieben, dachte Der-ohne-Kopf. Er bewunderte wieder einmal Kojotes Geschick im Rat. Aber es war ihm klar, daß es nur ein Aufschub war. Er wußte nicht, welche Maßnahmen nötig sein würden, ob es zu einer Bestrafung kommen konnte. Er würde darüber mit Kojote sprechen müssen. Der Häuptling nahm an, daß letzten Endes der Große Rat beschließen mußte, was mit den Blutigen geschehen sollte.

Er war besorgt, doch er schaffte es, die Sorgen bei der Aufregung der Feier zu vergessen. Das Volk aß, tanzte fast bis zum Umfallen, aß wieder, ruhte aus und fing von vorne an. Der-ohne-Kopf fand, daß ihm viel Ehre als Führer der Hirschhund-Gruppe zuteil wurde. Er hatte das Gefühl, daß nicht er den Ruhm in Anspruch nehmen konnte, sondern hauptsächlich Glück ausschlaggebend gewesen war. Dann schaute er zu Weißer Büffel, der die Huldigungen für seine scharfsinnigen Voraussagen entgegennahm, und fühlte sich etwas besser.

Die Sieben Jäger und der Oberstern verblaßten am Himmel, als das Volk vor dem Morgengrauen müde die Tipis aufsuchte.

Die Große küßte ihren Mann und zog ihn an sich in die Wärme unter den Fellen.

»Ich bin sehr stolz, mein Mann.«

»Aber ich habe nichts getan.«

»Du hast das Volk zum Sieg geführt. Alles ist gut für die Zukunft.«

In den tiefen Schatten des Waldes rief *kookooskoos*, die große Jagdeule, sein Weibchen zu sich.

Der-ohne-Kopf schmiegte sich enger an Die Große und entspannte sich. Er war so zufrieden, wie er es viele Monde nicht mehr gewesen war. Weißer Büffel hat recht gehabt, sagte er sich. Die Zeichen waren gut.

38. Kapitel

Sonnenjunge hob am Morgen seine Fackel über eine erschöpfte, aber begeisterte Stammesgruppe des Volkes. Die Vorbereitungen für den Aufbruch begannen. Das Klagen des Trauerlieds ertönte im Lager, während die Arbeiten weitergingen. Dies war stets eine unangenehme Erfahrung für Der-ohne-Kopf. Das Volk nahm geräuschvoll Abschied von den Toten, und Frauen und Mütter der Verstorbenen beschmierten sich mit Dreck und Asche und klagten manchmal ein paar Tage lang. Eine junge Frau schnitt sich mit ihrem Feuersteinmesser die Unterarme auf, und Blut mischte sich mit Staub und Tränen, als sie die Leiche ihres Mannes für die Bestattung einhüllte.

Der-ohne-Kopf wanderte durch das Lager und sprach ein paar Worte zu den trauernden Hinterbliebenen. Er fühlte sich dabei unbeholfen, aber es wurde von ihm, dem Häuptling, erwartet, daß er jeden Verlust persönlich zur Kenntnis nahm.

Er begegnete Froschfrau, der Mutter von Dachs. Die Blutigen hatten den Leichnam des jungen Mannes vom Hügel geholt, und die alte Frau war mit dem Trauerritual beschäftigt. Sie hatte niemand mehr, erinnerte sich Der-ohne-Kopf. Ihr Ehemann war tot, und sie war auf die Hilfe der Familie ihres Bruders angewiesen. Wie schwer mußte das vergangene Jahr für sie gewesen sein. Es war dem jungen Häuptling peinlich, daß er das nicht eher erkannt hatte. Was konnte man da sagen?

»Es tut mir leid, Mutter.« Er legte ihr die Hand auf die Schulter.

Die alte Frau zeigte kein Anzeichen dafür, daß sie seine Anwesenheit überhaupt wahrnahm. Sie wiegte den Oberkörper weiterhin hin und her und sang das Trauerlied. Der-ohne-Kopf ging langsam fort und fühlte sich unbehaglich. Aber was hätte er sagen oder tun können?

Kojote gesellte sich zu ihm und bemerkte sein Unbehagen.

»Es ist gut. Froschfrau wünscht nur, allein zu sein.«

Ja, das wurde dem jungen Häuptling jetzt klar. Die Frau hatte nicht nur ihren Sohn verloren, sondern sie wußte auch ganz genau, daß er fast den Tod der ganzen Stammesgruppe verschuldet hätte. Sie hatte kein glückliches Los. Der-ohne-Kopf war versucht, zu ihr zurückzukehren und ihr zu sagen, daß er verstand, wie ihr zumute war, aber er entschied sich dagegen.

Ein großer Trupp zog zu dem verlassenen Lagerplatz

des Feindes, um zurückgelassene brauchbare Dinge zu holen, und ein paar berittene Krieger sorgten für ihren Schutz. Eine andere Gruppe Krieger verstreute sich über die Prärie und fing Pferde ein. Einige Tiere waren aufgegeben worden, andere waren in dem Durcheinander geflüchtet, und ein paar waren durchgegangen, als ihre Reiter im Kampf gefallen waren. All diese Tiere wurden auf die Wiese neben dem Lager getrieben, wo sie von jungen Männern ständig bewacht wurden.

Als Sonnenjunge die Hälfte seiner Reise über den Himmel zurückgelegt hatte, waren alle erbeuteten Pferde zusammengetrieben, und das Volk versammelte sich. Kojote hatte seinem Schwiegersohn unter vier Augen Vorschläge gemacht.

»Jede Familie wählt einen Hirschhund aus, bis alle vergeben sind«, kündigte Der-ohne-Kopf an. »Diejenigen, die keinen haben, kommen als erste dran.«

Jeweils eine Familie trat vor, schaute sich die verfügbaren Tiere an und traf ihre Wahl. Als alle mindestens ein Tier hatten, begann die Prozedur erneut, bis jedes Pferd einen Besitzer hatte.

Die Menge zerstreute sich. Einige Leute versuchten ihre neuen Pferde einzureiten, andere trieben Tauschhandel, und viele bereiteten sich einfach auf den Aufbruch vor. Es würde schwierig sein, bis zum nächsten Sonnenaufgang alle Habe zu packen, aber es war unbedingt nötig.

Es war bereits der Mond des Wachsens. Die Hirschhund-Gruppe würde verspätet zum Sonnentanz eintreffen. Es mußte ein Bote vorausgeschickt werden, der ihre bevorstehende Ankunft ankündigte, doch das hatte Zeit, bis sie näher am Ziel waren. Sie würden viele Tage bis zum Salt River unterwegs sein, bis sie am festgelegten Platz für den Sonnentanz ankamen.

Nach zwei Tagen mußten sie eine Pause einlegen, um die Frauen und Kinder der Blutigen mitzunehmen. Die Pflanzer, bei denen sie kampierten, hatten ihr Lager fast auf dem Kurs der Hirschhund-Gruppe, und es brauchte nur ein kleiner Umweg gemacht zu werden.

Der-ohne-Kopf spielte kurz mit dem Gedanken, die Blutigen loszuschicken, damit sie ihre Angehörigen abholen und dann wieder zu der Gruppe stoßen konnten, die weiterzog. Er entschied sich dagegen. Es war zu riskant, seine Streitmacht zu teilen. Die Schädelspalter waren immer noch unberechenbar und gefährlich, besonders nach der Niederlage.

Das Volk brach am nächsten Morgen bei Tagesanbruch auf. Es gab genug Hirschhunde für den Transport der Habe und all der zusätzlichen Tipistangen, die der Feind zurückgelassen hatte. Weil es im Gebiet des Volkes wenig Holz gab, waren Tipistangen ein hochgeschätzter Besitz. Die Stangen konnten aufbewahrt werden, bis genügend Häute für Tipiwände zur Verfügung standen.

Der-ohne-Kopf ritt zum Rand des Hügels und beobachtete den Aufbruch der Karawane. An der Spitze ritten Langer Hirsch und Roter Hund, gefolgt von den ersten Familien. Es war ein perfekt geordneter Aufbruch, und es blieb der übliche Abfall eines Lagerplatzes zurück. Diesmal war es anscheinend jedoch etwas weniger Abfall als sonst. Das Volk konnte sich nicht erlauben, verschlissene Mokassins oder zerlumpte Kleidung wegzuwerfen. Dieses Jahr würde alles noch gebraucht werden.

Der-ohne-Kopf blickte über die Wipfel der Eichen des Waldes und zum glitzernden Bach. Dieser Lagerplatz wäre fast für sie alle der letzte geworden. Er hatte nie erwartet, wieder so viele seines Stammes über die Prärie zum nächsten Lager ziehen zu sehen.

Dieser Platz würde wichtig in der Geschichte des Volkes sein. Er hatte bereits gehört, daß jemand den Platz »Am Fluß der Blutigen« genannt hatte, eine Anerkennung des erstaunlichen Angriffs, der die sichere Niederlage in einen Sieg verwandelt hatte.

Weißer Büffel plante bereits die Bilder, die auf die Geschichtshäute gemalt werden sollten. Sie würden Pferde zeigen, die sich auf einer Barriere von Lanzen aufspießten, und Krieger der Blutigen beim Angriff auf den Feind. Es würden herrliche Bilder werden. Diese Zeit würde in der Zukunft als »Das Jahr, in dem wir Hirschhunde aßen« bezeichnet werden, hatte der Medizinmann gesagt.

Und das ist besser als »Das Jahr, in dem die Hirschhund-Gruppe ausgelöscht wurde«, sagte sich Der-ohne-Kopf.

Er nahm die Zügel auf und trieb die Stute an, um sich der Stammesgruppe anzuschließen.

39. Kapitel

Drei der Blutigen waren vorausgeritten, um die Nachrichten den Familien im Lager der Pflanzer zu überbringen. Es stellte sich heraus, daß sie bereits von dem siegreichen Kampf wußten. Das Nachrichtensystem auf der Prärie funktionierte gut und schnell.

Ein paar Schädelspalter hatten auf dem Rückzug bei den Pflanzern Halt gemacht, um im Tauschhandel Proviant zu bekommen, und sie hatten die Geschichte erzählt. Diese Schädelspalter glaubten, daß sie vom ganzen Stamm des Volkes angegriffen worden seien, zumindest von mehreren Stammesgruppen. Sie berichteten über den Angriff vom Hügel und vom Lager und behaupteten, daß sie zum Rückzug gezwungen gewesen wären, weil der Feind in der Überzahl gewesen sei.

Die Pflanzer waren neutral. Sie handelten mit allen anderen Stämmen, und ihr unsicheres Leben hing vom guten Willen aller Jagdtrupps ab. Die Schädelspalter warfen einige böse Blicke auf die Familien der Blutigen, aber es gab keine offenen Übergriffe. Es war Tradition, daß man keinen Feind oder dessen Familie oder Besitz angriff, während man Gast eines befreundeten Stammes war. Das würde die schlimmste Beleidigung für ihre Gastgeber, die Pflanzer, sein. Die Familien der Blutigen waren ganz sicher.

Ihre Anwesenheit führte jedoch dazu, daß die Schädelspalter vorzeitig weiterzogen. Sie wollten nicht dort sein, wenn das Volk seine Angehörigen abholte.

Die Frauen der Blutigen waren unterdessen fast verzweifelt vor Sorge. Sie wußten, daß es Verluste gegeben haben mußte. Wer von ihnen hatte einen Ehemann oder Bruder verloren? Sie konnten nur warten und sich mit irgendwelchen Arbeiten ablenken, bis sie Gewißheit erhielten. Manchmal versammelten sie sich in kleinen Gruppen und sprachen angespannt über alles mögliche, um auf andere Gedanken zu kommen.

Die Umstände des Aufbruchs der Männer waren ziemlich beunruhigend gewesen. Es hatte Streit gegeben. Viele der Blutigen hatten seit langem erkannt, was die meisten Frauen bereits gewußt hatten. Es war sehr dumm gewesen, den Stamm zu verlassen, um Dachs zu folgen. Die kleine Gruppe konnte sich glücklich preisen, weil sie nicht auf den Feind gestoßen und vernichtet worden war.

Sie hatten vorübergehend im Dorf der Pflanzer kampiert, als Gerüchte von einem bevorstehenden Kampf durchgesickert waren. Es hieß, die Hirschhund-Gruppe des Volkes würde von den Schädelspaltern angegriffen und sei im Begriff, ausgelöscht zu werden.

Die meisten Blutigen waren begierig darauf, in den Kampf einzugreifen, aber ihr Führer war anderer Meinung. Dachs war nach der Demütigung durch den Großen Rat noch voller Groll. Er weigerte sich, eine Aktion auch nur zu erwägen, und wies darauf hin, daß die Blutigen nicht mehr zum Volk gehörten. Wenn Der-ohne-Kopf und seine Gruppe in Schwierigkeiten wären, dann interessierte ihn das nicht. Es war ihr Problem, nicht das der Blutigen.

Vielleicht waren es die wiederholten Erwähnungen des jungen, bärtigen Häuptlings, die zu dem Meinungsumschwung führten. Alle anwesenden jungen Krieger waren von Der-ohne-Kopf geschult worden, und sie hatten Achtung vor seiner Hirschhund-Medizin. Er war hart, aber fair zu ihnen gewesen, und keiner hegte Feindseligkeit gegen ihn als Lehrer.

Als Roter Hund schließlich ankündigte, daß er reiten werde, schlossen sich ihm fast alle Krieger an. Dachs tobte und fluchte und verbot zuerst den Ritt. Als er dann erkannte, daß er ihn nicht verhindern konnte, schloß er sich dem Kriegstrupp an, machte aber Stimmung gegen Roter Hund und lamentierte und drohte.

Das war die Situation, in der die Frauen die Krieger zuletzt gesehen hatten. Es war offenkundig, daß Dachs die Führung entglitt und daß sich bei den Blutigen das unbehagliche Gefühl breitmachte, daß er von Anfang an kein richtiger Führer gewesen war. Viele mißbilligten, daß Dachs den beliebten Sieht-Weit getötet hatte, selbst wenn es vielleicht gerechtfertigt gewesen war.

So gab es für die Frauen im Dorf der Pflanzer viele unbeantwortete Fragen. Sie wußten nicht, ob ihre Männer an dem Kampf teilgenommen hatten. Nach der Behauptung der Schädelspalter, daß das Volk in großer Zahl angegriffen hatte, waren sie gezwungen, das zu glauben, aber sie wußten nicht, wie viele sich an dem Kampf beteiligt hatten. Hatte sich die Gruppe wieder gespalten?

Mit großer Erleichterung sahen sie am nächsten Abend die Ankunft von dreien ihrer Krieger.

»Dachs und Reiher sind tot«, berichtete Roter Hund den Frauen. »Die anderen werden morgen hier sein.«

Die Frau von Dachs begann das Trauerlied, und einige stimmten aus Mitleid mit ein. Reiher, ein schlaksiger Junge von der Berg-Gruppe, hatte keine Verwandten unter den Blutigen.

»Gibt es Verwundete?« fragte ein Mädchen besorgt.

Roter Hund nickte. »Ja, aber keine Schwerverwundeten.« Er erzählte schnell die Geschichte.

»*Aiee*«, rief eine schwangere junge Frau. »Unsere Männer sind bei der Hirschhund-Gruppe? Können wir zum Volk zurückkehren?«

»Das wissen wir nicht«, antwortete Roter Hund ernst. »Die Hirschhund-Gruppe hat uns willkommen geheißen, aber es muß vom Großen Rat entschieden werden.«

Für die meisten war dies ein größeres Problem als der Verlust ihres Führers. Dachs war manchmal so unvernünftig gewesen, daß manche insgeheim sehr erleichtert waren, als sie von seinem Tod erfuhren.

»Dann reiten wir zum Sonnentanz?« fragte jemand.

Roter Hund nickte. »Wir müssen uns auf den Aufbruch vorbereiten. Die Hirschhund-Gruppe wird morgen hier sein.«

Die Gruppe begann eifrig mit den Vorbereitungen. Jeder freute sich darauf, Freunde und Verwandte wiederzusehen, wenn auch nur für kurze Zeit.

Roter Hund ging zu seinem Tipi und unterhielt sich lange mit seiner jungen Frau. Er war aufgeregt und optimistisch. Bei dem Gedanken an den Großen Rat fühlte er sich zwar etwas unbehaglich, aber trotzdem hatte er ein besseres Gefühl als in den vorhergegangenen Monaten.

40. Kapitel

Am nächsten Abend begrüßten die Frauen der Blutigen ihre Verwandten von der Hirschhund-Gruppe mit einem Festmahl, das lange in Erinnerung bleiben sollte. Sie hatten reichlich Nahrung, weil sie die ganze Zeit mit den Pflanzern Tauschhandel getrieben hatten. Einen vollen Tag lang waren die Frauen damit beschäftigt gewesen, Essen zu kochen, während die Vorbereitungen für den Aufbruch weitergegangen waren.

Die Wiedervereinigung, das Festessen und die Tanzfeier wurden so ausgelassen, daß die Pflanzer verzweifelt den Kopf schüttelten. Besorgte Mütter warnten ihre Kinder vor einem Kontakt mit den sonderbaren Besuchern und ihren wohlbekannten Exzessen.

Das machte dem Volk überhaupt nichts aus. Sowohl die Blutigen als auch der größte Teil der Hirschhund-Gruppe waren glücklich über die Wiedervereinigung. In der frohen Stimmung dieses Tages dachte kaum einer daran, daß der Große Rat sich weigern konnte, die Verbannung aufzuheben. Das Volk mit seiner typischen Philosophie, sich einen angenehmen Tag zu machen und nicht an morgen zu denken, wirkte unbeschwert.

Der-ohne-Kopf war jedoch besorgt, und seine Sorge wuchs in den kommenden Tagen, als sie zum Salt River zogen. Er suchte Rat bei Kojote, und die beiden ritten zusammen abseits der Kolonne.

»Was wird der Große Rat tun?«

Kojote zuckte die Achseln. » Es wird sehr davon abhängen, was der Oberhäuptling sagt. Die meisten Häuptlinge werden mit ihm stimmen.«

»Was wird Viele Felle sagen?«

»Ich weiß es nicht. Viele Felle war sehr zornig über den Tod von Sieht-Weit. Aber sein Zorn galt hauptsächlich Dachs.«

Die beiden Männer ritten eine Weile schweigend. Eine Heuschrecke flüchtete vor ihnen und ließ sich ein paar Schritte voraus nieder. Als das Insekt die Flügel anlegte und wieder so mit der Umgebung verschmolz, daß es fast unsichtbar war, brach Kojote das Schweigen.

»Vielleicht solltest du mit ihm sprechen.«

»Du meinst, bevor sich der Große Rat versammelt?«

Kojote nickte. »Vielleicht sogar bevor wir dort eintreffen. Du könntest vorausreiten.«

Die Idee war anscheinend gut. Sie redeten ausführlich darüber und schmiedeten Pläne. Ein paar Tage vor ihrer Ankunft würden Der-ohne-Kopf und ein oder zwei andere vorausreiten. Dies erlaubte ein Gespräch mit dem Oberhäuptling, bei dem Der-ohne-Kopf um Rat fragen wollte.

Der-ohne-Kopf wollte Kojote und Roter Hund mitnehmen, aber der kleine Mann brachte ihn davon ab.

»Nein, mein Häuptling. Ich will mir nicht die Knochen auf einem Hirschhund durchrütteln lassen. Du wirst schnell und hart reiten wollen. Meine Hirschhund-Medizin ist nicht so stark wie deine.« Er rieb sich übers Gesäß, um anzuzeigen, daß er ebenso an das Wohlergehen seiner Anatomie dachte wie an das seiner Medizin.

Sie sprachen lange über Roter Hund. Er würde einen guten Eindruck auf den Oberhäuptling machen und zweifellos ihre Position stärken, aber es war riskant. Würde seine Anwesenheit zu vermessen sein? Es war nicht gut, den Oberhäuptling mit der Anwesenheit dieses Kriegers zu verstimmen, der sich vom Stamm getrennt hatte. Viele Felle mußte Zeit haben, um sich mit der Sache gedanklich zu befassen.

Schließlich wurde entschieden, keinen der Blutigen in die Nähe des Sonnentanzlagers zu lassen, bis Der-ohne-Kopf mit dem Oberhäuptling gesprochen hatte. Langer Hirsch und Stehender Vogel würden Der-ohne-Kopf begleiten. Wenn es nach dem Gespräch große Feinseligkeit gegenüber den Blutigen geben sollte, konnte einer der jungen Männer zurückreiten und die Botschaft übermitteln. Dann konnten die Blutigen entscheiden, ob sie überhaupt ins Sonnentanzlager einziehen wollten.

Roter Hund wurde vom Häuptling in den Plan eingeweiht und hielt ihn für gut.

Als die Kolonne fünf Tage vom Platz des Sonnentanzes entfernt war, begannen Der-ohne-Kopf und seine beiden jungen Krieger ihre Mission.

Der-ohne-Kopf umarmte seine Frau. Sie waren selten getrennt gewesen, und er bedauerte, daß er sie jetzt verlassen mußte.

»Denk mal an mich«, scherzte er. »Ich werde dich bald wiedersehen!«

Der Ritt zum Sonnentanzlager war angenehm. Die Prärie zeigte sich grün und frisch im Mond der Rosen. Büffel und Antilopen tupften die fernen Hügel, und der Duft des Graslands mit den mannigfaltigen Blumen in voller Blüte war köstlich.

Am Morgen des dritten Tages sahen sie voraus den Rauch eines großen Lagers, und am Mittag konnten sie die ersten der Tipis erkennen. Es war stets ein aufregendes Gefühl an dieser jährlichen Versammlung teilzunehmen; die Atmosphäre glich der eines Jahrmarkts in dem Land, in dem Der-ohne-Kopf seine Kindheit verbracht hatte. Leute spazierten und liefen herum, riefen sich etwas zu oder sangen. Es war ein heiteres Treiben.

Hunde bellten, und Reiter galoppierten den Neuankömmlingen entgegen und zeigten ihre Reitkunst mit den Hirschhunden, während sie Der-ohne-Kopf und seine Begleiter zum Lager eskortierten.

Viele Felle beobachtete ihre Ankunft von seinem bequemen Platz beim Tipi, wo er an der Rückenstütze aus Weide lehnte. Er freute sich, sie zu sehen. Der Oberhäuptling hatte ernste Zweifel am Überleben der Hirschhund-Gruppe gehabt, als er gesehen hatte, daß so viele jüngere Krieger sie verlassen hatten, um diesem Unruhestifter zu folgen. Wie hieß er noch? Waldmurmeltier oder so... Dachs, das war es. Ein sehr böser Mann, dachte Viele Felle.

Die drei Männer der Hirschhund-Gruppe ritten heran, zügelten die Pferde und saßen ab, um dem Oberhäuptling ihre Aufwartung zu machen. Nach dem Austausch der Höflichkeiten bat der Häuptling der Hirschhund-Gruppe um ein Gespräch.

Die beiden jungen Begleiter zogen sich diskret zurück.

Viele Felle nickte und fragte sich, welches Problem es gab. Der-ohne-Kopf sah mager aus und wirkte besorgt. Es konnte kein leichtes Jahr für ihn gewesen sein. Der Oberhäuptling hatte Gerüchte gehört, Geschichten von einem großen Kampf mit den Schädelspaltern.

Wenn Der-ohne-Kopf hier ist, dachte der Oberhäuptling, muß er den Feind besiegt haben. Was kann er dann für ein Problem haben? Viele Felle senkte die Lider und lehnte sich zurück. Er würde es gleich erfahren.

»Mein Häuptling wird sich erinnern«, begann Der-ohne-Kopf zögernd, »daß viele unserer jungen Männer das Volk verließen, um Dachs zu folgen, der vom Großen Rat verbannt wurde.«

Der Oberhäuptling nickte und paffte an seiner Pfeife. Er sagte nichts.

»Diese jungen Männer sind zu uns zurückgekehrt«, fügte Der-ohne-Kopf hinzu.

Der Oberhäuptling blinzelte. Es konnte ein großes Problem sein, wenn die Hirschhund-Gruppe die Missetäter gegen den Erlaß des Rats wieder aufgenommen hatte. Aber das mußte noch mehr geschehen sein.

»Die Schädelspalter waren im Begriff, uns zu überrennen, und die jungen Männer, die sich die Blutigen nennen, griffen in den Kampf ein.«

Die Miene des stoischen Oberhäuptlings veränderte sich.

»Dachs ist tot«, sagte Der-ohne-Kopf hastig, der jetzt verzweifelt nach etwas suchte, um die stille Gelassenheit des Oberhäuptlings zu durchbrechen.

Viele Felle entspannte sich, ohne sich das anmerken zu lassen. Wenn der Unruhestifter tot war, konnten die Dinge geregelt werden. Er schloß die Augen.

»Erzähl mir die ganze Geschichte.«

Der-ohne-Kopf berichtete schnell von den Ereignissen des vergangenen Jahrs. Als er den Angriff der Blutigen auf die Flanke des Feindes schilderte, neigte sich Viele Felle aufgeregt vor.

»Und wer führte sie an?«

»Roter Hund. Dachs hatte sich geweigert, und Roter Hund übernahm die Führung der Blutigen, mein Häuptling.«

Viele Felle nickte erfreut. Dieser junge Mann würde ein großer Führer werden.

»Der-ohne-Kopf, sag mir, hat der Rat Dachs verbannt, weil er einen von eurer Gruppe tötete?«

»Ja, mein Häuptling.«

»Die anderen wurden nicht fortgeschickt? Sie folgten ihm nur?«

»Ja, mein Häuptling.«

Viele Felle breitete die Arme in einer Geste der Resignation aus. »Wo ist dann dein Problem? Einige deiner jungen Krieger gingen eine Zeitlang ihren eigenen Weg, und jetzt sind sie zurückgekehrt. Es ist nichts an einer neuen Kriegergemeinschaft auszusetzen.« Der alte Häuptling lächelte freundlich. »Deine Hirschhund-Männer haben eine neue Gemeinschaft gebildet.«

Es war eine lange Rede für den sonst so wortkargen alten Häuptling, und er legte eine Pause ein. Der-ohne-Kopf wartete.

»Wenn du zum Großen Rat kommst«, fuhr der Oberhäuptling in vertraulichem Tonfall fort, »bring deine Gemeinschaft der Blutigen mit und sag nichts von irgendeinem Problem. Ich denke, keiner wird Bedenken haben.«

Der-ohne-Kopf war in Hochstimmung. Jetzt schien alles so einfach nach der Zusicherung des Oberhäuptlings. Ja, die Blutigen waren eine Zeitlang ihren eigenen Weg gegangen und wurden nun wieder aufgenommen. Wirklich, sie waren zu einem sehr glücklichen Zeitpunkt zurückgekehrt und hatten dabei die Hirschhund-Gruppe gerettet.

Er suchte Langer Hirsch und Stehender Vogel und berichtete über sein Gespräch mit dem Oberhäuptling.

»Reitet sofort zurück zu den anderen«, wies er sie an. »Sagt Kojote und Roter Hund, was ich euch erzählt habe. Ich möchte Roter Hund so schnell wie möglich hier sehen.«

Drei Sonnen später, als die Dunkelheit hereinbrach, versammelte sich das Volk zum Großen Rat. Roter Hund führte seine Blutigen lange vor der Ankunft der Häuptlinge in den Kreis. Er setzte sich wie vorher abgemacht neben Stehender Vogel. Schließlich gesellte sich Der-ohne-Kopf zu ihnen.

Viele Felle nahm würdevoll seinen Platz ein, und der Große Rat begann.

Die Zeremonie des Rauchens fing an, und als die Pfeife die Runde gemacht hatte, sprachen die Häuptlinge. Jeweils einer erhob sich und berichtete von den Ereignissen bei seiner Stammesgruppe.

Schwarzer Biber von der Berg-Gruppe sprach als erster. Es war ein guter Winter mit viel Wild gewesen. Sie hatten keine Feinde gesehen.

»Ich bin Weißer Bär von der Rote-Felsen-Gruppe«, sagte der nächste Häuptling. »Auch wir hatten ein gutes Jahr.« Er schilderte einige Einzelheiten.

Als nächste im Kreis kam die Hirschhund-Gruppe an die Reihe. Der-ohne-Kopf erhob sich, und seine Hände waren feucht. Seine Hirschhund-Medizin schimmerte auf seinem Wildlederhemd.

»Ich bin Der-ohne-Kopf, Häuptling der Hirschhund-Gruppe«, sagte er förmlich. »Meine Brüder, wir hatten ein sehr großes Jahr...«